SOUVENIRS DE 1870

DU MÊME AUTEUR

POUR PARAÎTRE PROCHAINEMENT :

UN DÉPARTEMENT PENDANT L'INVASION

SOUVENIRS DE 1870

PAR

TH. LEMAS

BEAUVAIS

IMPRIMERIE DE LA SOCIÉTÉ « L'INDÉPENDANT DE L'OISE »
23, rue Saint-Pantaléon, 23

—

1883

Ces Nouvelles, publiées dans différents journaux, ont paru à l'Auteur pouvoir être réunies.

Le même sentiment les a inspirées, et dans toutes la même pensée domine.

Puissent-elles contribuer à faire naître et à développer dans le cœur des enfants, qui les liront, l'amour d'une Patrie qui a beaucoup souffert et qui a besoin d'être beaucoup aimée.

LA MÈRE « LA GRACE »

C'était une bonne petite vieille que la mère « La Grâce ». Ancienne cantinière décorée à Magenta, elle avait été surnommée la mère « La Grâce », à cause de ses manières affables et de son caractère enjoué, par les soldats du régiment où elle tenait une cantine. Une méchante balle autrichienne, en lui cassant une jambe, l'avait obligée, à contre-cœur, à prendre sa retraite. Le mari de la mère La Grâce, un musicien gagiste, — qui n'avait que le défaut de préférer à sa femme la bouteille de vin, — au retour de la campagne d'Italie fut emporté par une gueuse de fièvre, et l'ex-cantinière se trouva seule dans la ville d'Orléans, n'ayant pour toute ressource qu'une modique pension militaire. Mais elle était courageuse, et le travail ne lui faisait pas peur ; gaîment elle allait en journée dans de braves familles et trouvait ainsi « le moyen de joindre les deux bouts. »

La mère La Grâce avait avec elle un petit compagnon, un souvenir vivant de la caserne : le vieux *Bismark*, cadeau d'un caporal sapeur qui fut tué à Solferino. *Bismark* était un horrible caniche noir aux grands yeux intelligents; comme sa maîtresse, il boîtait: dans les champs d'Italie, un biscaïen lui avait endommagé une patte.

Il fallait entendre la mère La Grâce raconter ses histoires de guerre ; elle était intarissable sur ce sujet. Ses récits se terminaient invariablement par cette phrase — son cliché favori — « L'affaire fut chaude ; mais, pristi ! quelle danse nous leur flanquâmes ! »

Le dimanche, la mère allait à l'église avec sa médaille sur sa poitrine, et lorsque, passant devant la sentinelle de la grande caserne, elle la voyait rectifier la position, alors, toute fière, toute orgueilleuse, elle lui faisait le salut militaire... C'est quelle connaissait son règlement!

A part les jours où elle travaillait en ville, la mère La Grâce passait son temps chez les cantinières des différents régiments d'Orléans. Elle vivait très heureuse au milieu de ces gens qui lui rappelaient son ancienne existence : elle leur donnait des conseils, leur disait comment on s'arrangeait autrefois pour faire telle ou telle chose, et tous les soldats l'aimaient. Son arrivée dans une cantine était une fête, et c'était à qui lui offrirait un petit verre qu'elle ne refusait d'ailleurs jamais. Le vaguemestre avait pris *Bismark* en grande affection et complétait l'éducation du caniche. On apprenait au chien à sauter pour la France, à aboyer pour les Prussiens, et ces exercices faisaient rire les soldats de ce bon gros rire qui leur est habituel.

Mais un jour, en arrivant à la caserne, la mère La Grâce fut étonnée de l'agitation, du mouvement qui régnait partout. Les soldats couraient en tous sens, affairés, les yeux brillants, l'air ému...

La vieille cantinière eut comme le pressentiment d'une nouvelle grave, et apercevant le sergent Boiscreux, un de ses amis :

— Qu'est-ce donc? lui demanda-t-elle.

— Hé! la mère! vous ne savez pas la nouvelle?... Nous allons donner une râclée aux Prussiens? Et de toutes les chambrées dont les fenêtres étaient ouvertes, on entendait s'échapper ce cri : « A Berlin ! à Berlin !... »

La mère La Grâce devint toute pâle : elle fut obligée de s'appuyer contre la muraille. A Berlin ! c'était la guerre ! et la guerre, c'était l'évocation de son bon vieux temps ! La guerre ! c'était pour cette vieille cantinière le souvenir de ces journées où noir de poudre, criblé de balles, notre drapeau s'avançait vainqueur ! où aux fortes émotions de la bataille, aux cris de douleur et de détresse avaient succédé les chants de triomphe et les vivats de la victoire. En un instant tous ces souvenirs passèrent confus et rapides devant les yeux de la mère La

Grâce, et de toutes ses forces elle cria : « Vive la France et à Berlin, les enfants ! » Et les soldats du poste lui répondirent : « Bravo, la mère ! Vive la France !... »

Pendant tout le temps que durèrent les préparatifs du départ, la mère ne quitta pas la caserne. Il lui semblait qu'elle ne devait plus revoir ces militaires, ses enfants, comme elle les appelait. Elle relevait leur courage et racontait plus que jamais les combats d'Italie.

Enfin, le jour des adieux arriva : le clairon sonna le rappel du régiment et, musique en tête, nos soldats prirent le chemin de la gare. La mère La Grâce, un ruban tricolore à son bonnet, ses médailles, et dans son beau costume du dimanche, marchait crânement, derrière les musiciens, côte à côte avec ses bonnes amies les cantinières.

Sur tout le parcours, une foule immense acclamait avec enthousiasme nos fantassins ; de temps en temps, des refrains de la *Marseillaise* se faisaient entendre, puis des cris de Vive la France ! et, grisée par ces clameurs patriotiques, par ces manifestations bruyantes et passionnées, la mère La Grâce, oubliant sa jambe de bois, continuait à marcher en criant : « Sus aux Prussiens ! à Berlin » et la foule répétait : « A Berlin ! à Berlin ! »

On était arrivé à la gare ! L'embarquement des troupes commença. Tout le monde voulait embrasser la mère La Grâce. De son wagon, le sergent Boiscreux lui disait en riant : « La mère, je vous rapporterai un Prussien... » — « Et non, répliquait le vaguemestre... ils sont trop laids! » — « Bah! criait un clairon, la mère se contentera d'un casque... elle en fera un chaudron! »

Un dernier coup de sifflet, le train se met en marche et une minute après, la mère La Grâce se retrouvait seule dans Orléans. Elle rentra dans sa chambrette, un peu triste mais confiante dans l'avenir et pleine d'espoir dans le succès. La mère pleura cependant, mais qui, dans cette nuit, ne pleura pas?

Pauvre vieille! chaque jour elle allait devant la Préfecture entendre la lecture des dépêches : elle ne pouvait pas les lire, elle écoutait. Sarrebruck, une victoire! elle fut transportée de joie: « déjà des tripotées! » cela commençait bien, en vérité, et les Prussiens n'avaient qu'à faire soumission!

La mère La Grâce n'était pas dévote ; mais elle aimait tant son armée, que tous les soirs elle disait un petit bout de prière pour les soldats. — « Qu'ils tuent tous les Prussiens, mon Dieu, murmurait-elle, et que les Français soient toujours vainqueurs. »

Quelle déception aussi aux premiers jours de nos défaites! Elle ne voulut pas y croire. — « C'est pas vrai! On ne bat pas nos militaires! C'est nous qui râclons les Bavarois, et ils disent cela pour nous faire peur. » Mais, hélas! les télégrammes de la guerre étaient de plus en plus mauvais; les revers se succédaient avec une rapidité désolante, et ce n'était plus que le cœur rempli d'une tristesse profonde que l'on s'abordait.

La mère La Grâce resta une nuit plus longtemps que d'habitude sur la place; elle voulait attendre une dépêche annonçant une victoire. Le froid la saisit; on fut obligé de la ramener chez elle. Elle s'alita. Les braves femmes du quartier venaient la soigner à tour de rôle. Dans les intervalles de repos que lui laissait la maladie, elle s'informait des progrès de l'ennemi; à chaque réponse, elle hochait mélancoliquement la tête et murmurait: « Mais ils viendront jusque dans ma chambre! »

Un soir, la neige tombait avec violence, les toits avaient disparu sous de blancs flocons, et dans la chambre de la mère La Grâce un bon feu pétillait. Elle allait mieux la cantinière. Sa robuste constitution avait triomphé de la maladie, et le médecin lui avait annoncé que bientôt elle pourrait reprendre son travail. *Bismark*, tout joyeux de revoir sa maîtresse circuler dans la petite mansarde, faisait des bonds de tous les côtés.

Un bruit étrange frappa l'oreille de la mère La Grâce. Depuis quelques jours elle entendait ce bruit, seulement elle n'y avait pas fait attention: c'était comme des coups de canon tirés dans le lointain et elle connaissait cette musique-là. Les vitres de la chambre tremblaient à chaque détonation, et avec un rire sinistre, l'écho répercutait le grondement de la mitraille. Les yeux hagards, la figure épouvantée, la vieille courut ouvrir la fenêtre: les coups de feu se succédaient, et dans l'air, à travers la neige de longs sillons d'étincelles indiquaient le passage de l'obus. La vérité, la triste vérité se fit jour dans son esprit. Les Prussiens étaient à quelques pas d'Orléans ! La rechute arriva, la maladie reparut, et la mère La Grâce reprit son lit pour ne plus le quitter.

Un violent délire, une ardente fièvre s'emparèrent de ce corps découragé et dont le moral était abattu. Un tremblement nerveux acheva de le briser, et bientôt tout espoir fut perdu. Pourtant une lueur de vie apparut : la vieille se ranima et à ce même moment l'air national prussien retentissait dans les rues désertes d'Orléans. La mère La Grâce entendit la musique allemande ; elle comprit.

Soulevant péniblement sa tête amaigrie par les souffrances, elle murmura à sa garde-malade : « Ne les laisse pas venir ici ; ils me tueraient s'ils voyaient mes médailles !... Défends-moi. *Bismark !* défends ta maîtresse..., les Prussiens..., tiens, les voilà !.... » Et le pauvre *Bismark* léchait la main froide et crispée de la malade.

Tout à coup, des pas se font entendre dans l'escalier ; on frappe à la porte... Qui est là ? crie la garde-malade, pendant que les joues empourprées par la fièvre, les yeux étincelants d'un dernier éclat dans leur orbite, la vieille cantinière se levait sur son séant : Deutschland ! répondit une voix forte. C'était le Prussien que la mère La Grâce devait loger !

« Ah ! qu'il n'entre pas !... Va-t-en !... Fuis !... Au secours !... criait la mère, toute droite sur son lit, effrayante à voir... Le soldat allemand avait ouvert la porte... Un cri guttural s'échappa de la poitrine de la cantinière, et elle tomba comme une masse sur son grabat.

. . . .

La balle de l'autrichien avait cassé la jambe de la mère La Grâce: la vue du Prussien l'avait tuée!...

UNE LEÇON DE GÉOGRAPHIE

L'inquiétude régnait ce jour-là, le 26 novembre, dans tout le village. Les Prussiens venaient, disait-on, d'entrer dans le bourg voisin. Dans quelques heures, ils allaient arriver, et le hameau pouvait se préparer à souffrir les douleurs de l'occupation ennemie. Sur le seuil des chaumières se tenaient les femmes, les vieillards. Chacun avait peur d'être seul. Chacun tremblait en pensant à l'allemand qui, en vainqueur, dans quelques instants, s'asseoirait au foyer et parlerait en maître sous le toit de chaume. De temps en temps, de malheureux cultivateurs, fuyant l'ennemi, traversaient le village. Remy, le vieux géomètre du bourg passait et, de sa carriole, criait aux villageois groupés : « Eh ! les amis, ils sont à la grande cascade ! ces gueux ! que Dieu vous protège, bonnes gens ! » Et le cœur plein d'effroi, le visage anxieux, ou interrogeait l'horizon. Les hommes qui travaillaient aux champs rentraient précipitamment. La nature avait pris un air triste et les rayons du soleil semblaient plus pâles pour mieux encadrer la douleur qui remplissait tous les esprits.

L'école seule avait conservé sa vie habituelle. Les écoliers n'avaient point déserté la classe et, assis à leurs pupitres, ils épelaient en chantant l'alphabet ou écrivaient sur des ardoises ce que leur maître leur dictait.

Mais les yeux des enfants étaient distraits ; leur petite figure rose était empreinte d'une vague terreur. Le moindre bruit du dehors les faisait frisonner. On leur avait dit que dans quelques instants des soldats étrangers, des Prussiens allaient arriver et que ces Prussiens étaient ceux qui avaient tué les gars du village, le fils à la Tounelle, l'ancien maitre adjoint de l'école, tous ceux enfin que la conscription avait appelés en juillet.

L'instituteur, très ému, ne parlait aux enfants, dans cette classe-là, que de la patrie. Il leur racontait l'histoire du grand Ferré qui, à lui seul, tua une quarantaine d'Anglais. Il leur disait qu'en 1815 les Prussiens avaient envahi la France comme aujourd'hui ; mais que les hommes du village étaient allés à leur rencontre, et leur avait livré un combat dont les Allemands devaient se souvenir.

Dans un coin de la classe, en cercle autour d'un moniteur, les plus petits écoliers répétaient en chœur des phrases qu'on leur apprenait : « Il ne faut haïr personne... leur enseignait le moniteur. Mais un enfant l'interrompant : — Si, les Prussiens ! et tous d'applaudir.

Le maître avait entendu la répartie ; il sourit tristement, et descendant de la chaire, il alla embrasser l'espiègle.

Soudain, les enfants deviennent silencieux. Le maître a pâli. Sur la route, des pas de chevaux retentissent ; un cliquetis d'armes se mêle à ce bruit ; des commandements en langue étrangère se font entendre, et à l'une des fenêtres de l'école apparaît la tête blonde d'un uhlan. Par un mouvement instinctif, les enfants se précipitent vers leur instituteur. De toutes ces petites poitrines s'échappe ce cri d'effroi : « Les Prussiens ! »

Leur maître les rassure : « Reprenez vos places, mes amis. N'ayez point peur, on ne vous fera rien ! »

Mais les Allemands frappent à la porte de l'école. L'instituteur leur ouvre. « Respectez l'enfance ! » leur dit-il simplement, et il remonte dans sa chaire. Les Prussiens se précipitent dans la classe le pistolet au poing, le sabre trainant sur le parquet. — Sortez, crient-ils au maître ! — Faites sortir les enfants ! Nous voulons occuper cette maison !... L'instituteur essaye en vain de protester : ils menacent.

Sur les murs de l'école, les enfants avaient dessiné une carte de France. Les Allemands ont aperçu cette carte, et, avec des accents de triomphe, ils se précipitent vers elle. Avec la pointe de leurs sabres, ils indiquent le Rhin. Ils montrent aux enfants consternés l'Alsace qu'ils ont traversée, la Champagne qu'ils ont envahie, le village où ils se trouvent, et ne sentant pas ce que leur joie orgueilleuse a d'odieux d'insulter à la douleur de pauvres enfants, ils se tournent vers les écoliers, et leur font des signes de raillerie en riant d'un rire féroce!

Cette scène avait quelque chose de déchirant pour tout cœur français. De grosses larmes silencieuses s'échappaient des yeux de l'instituteur debout et immobile dans sa chaire.

Les Allemands se retirent enfin dans la cour; ils attendent que les enfants aient quitté l'école pour l'occuper.

L'instituteur, s'adressant alors aux écoliers, ne leur dit que ces simples mots: « Cédons la place aux Prussiens, mes amis! ; mais n'oubliez jamais, je vous en supplie, la leçon de géographie à laquelle vous venez d'assister. »

LE VIEIL HARRY

Il y a quelques mois, j'étais allé passer une après-midi au Musée Grévin. Assis près de la porte d'entrée, à côté d'un de mes amis, Henri D..., jeune peintre, dont les salonniers ont eu maintes fois l'occasion de faire l'éloge, nous regardions en gens oisifs et distraits la longue file de visiteurs, de curieux qui venaient sans relâche admirer les célébrités de l'époque. Ce jour-là, ce défilé n'avait rien de bien intéressant : les rentiers du Marais et les boutiquiers des faubourgs seuls s'étaient donné rendez-vous au Musée.

A un moment cependant, Henri se souleva et me désignant une jeune femme qui entrait donnant la main à un petit garçon de cinq à six ans, me dit :

— Cette ressemblance est étonnante ! Voilà une femme qui me rappelle trait pour trait une héroïne...

— D'une page d'amour? hasardai-je en souriant.

— Hélas, non. Ce qu'elle me rappelle date de 1870 et tout ce qu'a touché cette année fatale est douloureux...

La femme dont Henri parlait était une blonde à l'air distingué et dont la physionomie, douce et agréable, avait cependant quelque chose de décidé et d'énergique. Le costume, l'ensemble même de cette femme dénotaient une étrangère, une anglaise ou une américaine; Henri ne la perdait pas de vue. Très ému par cette apparition soudaine qui évoquait en lui quelques pénibles souvenirs, il avait peur de se tromper et d'être le jouet d'une illusion des sens.

Mais le peu que mon ami m'avait dit, avait excité ma curiosité. Je désirais savoir à quels événements cette femme s'était trouvée mêlée et je le pressai de m'en faire le récit. Henri, pour satisfaire mon désir, me raconta ce qui suit:

« Après nos revers, me dit-il, j'étais parti pour la frontière avec quelques-uns de nos camarades. Nous nous étions engagés dans une compagnie de francs-tireurs. Au lendemain de l'arrivée de Garibaldi en France, nous fûmes nous mettre sous ses ordres. « L'oncle Garibaldi, » — comme l'appelaient les Allemands, — à cette heure de désastre, venant combattre pour notre pays, nous apparaissait comme une sorte de guerrier vengeur, et nous étions tous persuadés qu'aux clairons garibaldiens devaient répondre les clairons de la victoire. La composition de l'armée de l'aventurier cosmopolite s'harmonisait bien avec le tempérament du chef. Toutes les nationalités y étaient représentées ; les Egyptiens, les Américains, les Italiens, les Espagnols, les Grecs, les Anglais, les Suédois et les Polonais, avec leur brave et infortuné Bosak Hauké.

Dans la légion où je servais, se trouvaient un certain nombre d'Américains. Leur chef, un grand vieillard, à longue barbe grise, « le vieil Harry », s'était maintes fois fait remarquer par son audace et surtout par son incroyable adresse. Toujours aux avant-postes, il manquait rarement avec son « good rifle » les sentinelles des lignes prussiennes qui pourtant, il faut leur rendre cette justice, se défilaient avec une prudence toute allemande.

« L'aide de camp » de Harry, son compagnon inséparable, était sa fille, la plus jolie miss qu'il fut possible de rêver. Miss Diane, comme les intimes seuls avaient le droit de l'appeler, était le portrait du père pour le courage et la bravoure.

Intrépide, aventureuse, aimant le danger et souriant à la mort, cette enfant de dix-huit ans, à l'âge où la jeune fille devrait ouvrir son cœur à l'amour, partageait les bonnes et les mauvaises journées du soldat, et vaillamment, toujours en éclaireur, faisait le coup de feu avec l'ennemi...

— Et, dis-je, en interrompant le conteur, tu crois reconnaître Miss Diane dans ton étrangère de tout à l'heure?...

— Peut-être, reprit Henri, elle lui ressemble étrangement. Mais la Diane du camp Garibaldien n'avait pas les beautés féminines de notre étrangère : Diane portait les cheveux ras — comme un troupier véritable. — La bise froide de décembre avait hâlé son teint très mat et ses traits amaigris donnaient à sa physionomie une expression virile qui n'était pas sans charmes.

Harry s'était pris d'amitié pour moi, je vivais avec lui, j'étais le frère d'armes de Diane et s'il fut jamais sous le ciel une affection pure et sincère, c'était bien celle que j'avais pour cette américaine qui, à mes côtés, exposait sa vie pour ma patrie.

A Châtillon, avec Riccioti Garibaldi, nous surprenions un détachement de Werder. Emportée par une *furia* toute française, Diane allait être frappée par un fantassin de la landwer ; mais, prompt comme l'éclair, le vieil Harry de son « good rifle » étendait mort le Prussien. Dans la forêt de Plaunaise, centre de tous nos mouvements, nous étions cernés par un gros de cavaliers allemands ; nous ne dûmes notre salut qu'à l'arrivée de braves camarades.

Ces dangers communs avaient resserré nos liens d'amitié : j'avais pour l'Américain une sorte de vénération filiale ; il me témoignait tant de bontés, de sollicitude ! Et lorsque le soir de nos longues marches, fatigué, découragé, je m'asseyais auprès de lui, je sentais mes forces revenir, l'espoir renaître en mon cœur, en l'entendant parler de la France !

Nos chefs nous recommandaient toujours la prudence. « Ne vous laissez point faire prisonniers, nous disaient-ils ; n'oubliez pas que pour l'Allemand, vous n'êtes point soldats de troupes régulières et qu'être prisonniers, c'est pour vous la mort ! » Comme si le Français qui se lève pour défendre son pays, qu'il ait ou non un uniforme, n'est point un combattant ! Et pourquoi donc faut-il, pour avoir le droit de répandre son sang, un pantalon d'ordonnance et une capote immatriculée ! Voilà ce que nous nous disions entre nous ; mais nous prenions cependant nos précautions, car les Allemands, par de terribles exemples, nous montraient sans cesse que les actes chez eux répondaient aux paroles et que ce qu'ils promettaient, ils le tenaient toujours. A la bataille de Dijon, un de nos officiers fut fait prisonnier : les Poméraniens le brûlèrent vivant.

De telles horreurs nous indignaient, nous mettaient hors de nous-mêmes et le vieil Harry avec son accent, répétait : « Ces *Preussiens* sont donc des *savages !* »

Un soir — par une tempête effroyable de neige, de vent — nous étions en grand'garde. L'ennemi était signalé. Tous les feux avaient été éteints, malgré le froid, et, resserrés les uns contre les autres, des couvertures jetées sur les jambes, nous étions plongés dans une sorte d'engourdissement voisin du sommeil. Le vieil Harry, de temps en temps, seul se levait, allait visiter les sentinelles et s'assurer que tout le monde veillait. Toute la vie, je me rappellerai cette soirée ; elle avait quelque chose de si triste, de si sombre que parfois nous nous sentions envahir par une vague terreur. Le vent, en s'engouffrant dans les hautes futaies du bois de Plaunaise, avait des accents déchirants, et la neige qui tombait violemment ballottée, nous empêchait de nous distinguer entre nous. Lorsque le vent se calmait nous entendions les hurlements lugubres des loups des forêts voisines ou les sinistres glapissements des renards qui se disputaient les restes de quelque cheval abandonné.

Diane était à côté de moi. Epuisée de fatigue, la pauvre enfant avait besoin de repos et, la tête appuyée sur mon épaule, elle essayait de s'endormir.

Mais depuis quelques instants, Harry prêtait l'oreille. A travers les déchirements du vent, il avait cru distinguer un bruit étrange. Harry avait passé sa vie dans les savanes à lutter contre des adversaires agiles et félins. Ses sens s'y étaient développés et, avec une admirable finesse, il distinguait, par l'ouïe comme par la vue, le moindre mouvement fait loin de lui.

Le bruit qu'il avait entendu l'avait frappé. Quelque confus que fut ce bruit, il avait cru reconnaître le son produit par deux fusils qui s'entrechoquent.

Harry s'approcha de moi : Il me semble, me dit-il, qu'en dehors de nos lignes de sentinelles, là-bas sur la lisière du bois qui doit se trouver à notre gauche, quelque chose a remué... Ecoutez !...

Mais nous n'entendions rien ; le vent seul gémissait dans les arbres de la forêt.

— C'est étonnant, me dit-il à mi-voix, je croyais pourtant bien avoir entendu marcher... Tenez, ajouta-t-il, écoutez de nouveau.

Cette fois, comme Harry, j'entendis, en effet, des bruits de branches cassées... Il n'y avait pas à s'y tromper : on marchait là-bas dans l'obscurité.

— Debout! commanda à voix basse l'Américain, et, instinctivement, chacun porta la main à la batterie de son fusil pour s'assurer qu'elle était en état de jouer.

— Je vais aller en avant, nous dit Harry — si je fais feu, repliez-vous immédiatement sur le centre de la légion... et, glissant sur la neige comme un serpent, l'Américain disparut.

Diane s'était rapprochée de moi. Une inquiétude mortelle s'était emparée d'elle ; elle pressentait un danger, et, tremblante, elle murmurait :

— Père va-t-il bientôt revenir?... Va-t-il loin?... Nous avions tous l'oreille attentive ; à travers les ténèbres nous nous efforcions de voir.

Il y avait quelques minutes qu'Harry nous avait quittés ; il avait eu le temps d'arriver jusqu'au bois... Tout à coup un cri se fit entendre, puis un éclair brilla et une détonation retentit. J'avais reconnu le bruit de la carabine de l'Américain. Pour qu'Harry ait fait feu, il fallait qu'il eût couru un danger, qu'il fût en péril. Le cri qui avait été poussé, que nous avions tous entendu, était un cri de désespoir, un cri d'appel au secours, et, oubliant la consigne, nous nous précipitâmes en avant. Aveuglés par la neige que le vent nous jetait au visage, nous allions au hasard, nous enfonçant dans les crevasses, nous heurtant contre des arbres renversés; mais, soutenus par l'idée qu'Harry nous avait appelés, nous luttions, nous voulions arriver à son aide.

Diane nous précédait. Le danger que pouvait courir son père lui avait enlevé toute prudence; elle allait criant d'une voix pleine de sanglots : « Father! Father! » et ces appels déchirants nous bouleversaient l'âme.

Nous étions à cent mètres de la lisière du bois. Un brutal... « Werda ? » retentit et en même temps une dizaine de coups de fusil étaient tirés. Les Prussiens étaient là.

Je m'étais précipité vers Diane. Les balles avaient sifflé à ses oreilles, mais aucune ne l'avait atteinte. Sans riposter aux coups de feu des Allemands, je l'entraînai. Les Prussiens étaient en force et nous n'étions pas une dizaine de Francs-Tireurs; essayer une attaque eut été une folie inutile et sans résultat.

Diane était brisée par la douleur, elle sanglotait réclamant son père. Ils l'ont tué, répétait-elle...

J'essayai de la rassurer, de lui dire qu'Harry allait rentrer au camp, mais tous mes efforts furent vains.

Les tristes pressentiments de Diane n'étaient hélas! que trop fondés. Harry ne reparut pas. Toutes les recherches faites pour retrouver son corps furent infructueuses. Ce ne fut que quelques jours après sa disparition que les restes de notre compagnon furent découverts.

Notre légion ayant attaqué les Poméraniens qui occupaient la forêt de Plaunaise, les en délogea.

En avançant vers l'intérieur du bois, nous fîmes une lugubre découverte. Dans une clairière, attaché à une branche d'un gros chêne, un cadavre se balançait. Les corbeaux avaient commencé leur funeste office et l'homme était méconnaissable. Mais il portait le costume noir de nos Francs-Tireurs; il avait une barbe longue et grise, et tous nos camarades n'hésitèrent pas à déclarer que ce cadavre était celui du vieil Harry. Sur la poitrine de l'Américain, les Poméraniens avaient attaché un billet portant ces mots écrits en mauvais français : *Punil come Franc-Tireur*.

Les Poméraniens nous payèrent cher cet assassinat ; nous fûmes pour eux sans pitié et tous ceux qui nous tombèrent entre les mains furent impitoyablement fusillés.

Les restes du vieil Américain furent enterrés à l'endroit même où son cadavre avait été découvert.

Diane, à quelques jours de là, quittait le camp français et avec un de ses compatriotes, repartit pour l'Amérique. En me faisant ses adieux, elle me remit, en souvenir de son père, une croix d'argent qu'elle tenait du vieil Harry.

Il y a douze ans que cette tragique histoire s'est passée, ajouta Henri. Eh bien! elle est toujours présente à ma mémoire et je n'ai jamais pu regarder cette croix, qui est là suspendue à ma chaîne, sans avoir des larmes dans les yeux et sans penser à l'Américain mort pour la France!... »

Au moment où Henri finissait ce triste récit, l'étrangère qui rappelait à mon ami l'américaine du camp garibaldien vint à repasser devant nous.

Henri, allant résolûment droit à elle, s'inclina en disant : « Miss Diane... » et l'étrangère, la voix toute émue, tendant la main à mon ami, s'écria : Henri D... »

Les deux « francs-tireurs » de Garibaldi s'étaient retrouvés. On parla du vieil Harry qui dormait là-bas, près de Dijon.

Diane faisait chaque deux ans le voyage d'Amérique, pour venir visiter le tombeau de son père.

— Cette année, dit-elle, c'est la première fois que le petit Harry vient avec moi voir où repose son grand-père et l'américaine caressait la tête intelligente de son blond petit garçon dont les yeux brillèrent en entendant parler du grand-père. Henri prit l'enfant sur ses genoux et l'embrassant :

— Es-tu content d'être en France, lui demanda-t-il ?

— Oui, répondit l'enfant, parce que je veux être soldat français pour aller venger grand'papa.

BRIMARD

Brimard était un grand diable d'artilleur au visage dur, à la moustache grisonnante. Sur les bras il avait des chevrons, sur le corps des blessures.

Il pouvait, disait-il souvent, lire sur lui-même toutes ses campagnes. De toutes il avait gardé une trace, un souvenir. La Crimée, Magenta, le Mexique avaient laissé, cachées sous des médailles, de rouges cicatrices qui constituaient de glorieux états de service.

Brimard, depuis de longues années, servait de brosseur au commandant Pierre. Toute l'affection dont était susceptible le cœur du vieil artilleur s'était reportée sur son chef et sur le drapeau du régiment, et, à eux deux, ils absorbaient toute son existence et formaient toute sa famille.

Tous les camarades aimaient Brimard. Ce soldat couvert de blessures était la bonté même. Les « bleus » le considéraient comme leur providence : il les défendait, les protégeait, et lorsqu'à la corvée de quartier, un brigadier se montrait trop sévère pour quelques pauvres conscrits, le vieil artilleur ne manquait jamais de venir s'interposer en leur faveur.

Brimard avait pourtant une haine profonde pour quelqu'un. Ce quelqu'un, c'était le Prussien. Les Prussiens ne lui avaient rien fait; mais il les détestait, et d'autant plus qu'il ignorait pourquoi. D'un ton qui n'admettait point la réplique, il disait à ceux qui l'interrogeaient sur cette haine : « Suffit! les Prussiens, je ne les aime pas, et m'est avis que si le colonel me consultait, je lui dirais, foi de Brimard, allons leur apprendre qui nous sommes! »

Depuis quelques jours, des bruits de guerre circulaient. Brimard en parlait à la cantine, mais sans espoir et sans confiance. « Vous verrez, ça sera faux. Le Prince allemand n'ira pas en Espagne, et nous n'irons pas à Berlin! » et le vieil artilleur se désolait en pensant que tout pouvait s'arranger.

Un soir, par une fin de beau jour de juillet, les rayons du soleil couchant illuminaient l'horizon; Brimard était assis devant la porte de la caserne. Les soldats causaient entr'eux. Tout à coup, un cri formidable de : « Vive la France! Vive la Guerre! » se fait entendre; et devant le vieil artilleur, pâle d'émotion, défile un flot d'ouvriers, de bourgeois, de militaires. « Vive la Guerre ! » vociférait la foule. « A Berlin ! » Et, comme une traînée de poudre, la nouvelle se répandit dans toute la caserne : la guerre était déclarée ! C'était bien vrai, nous avions la guerre avec la Prusse !

D'un bond, Brimard courut chez son commandant. « Commandant, s'écria-t-il, ça y est cette fois ! L'Empereur a déclaré la guerre ! Vive l'Empereur ! Vive la Guerre ! » Le commandant, sans se troubler, lui répondit : « Je le sais, Brimard, et tu vois, je prépare mes armes. »

*
* *

Le régiment partit. Le commandant Pierre et Brimard firent leur devoir. Ils se battirent comme des français ; mais la fatalité fut plus forte que le courage et la valeur. A Sedan, l'armée et l'Empereur se rendirent. Le commandant et Brimard, qui s'y trouvaient, ne se rendirent point. Ils traversèrent les lignes ennemies, rejoignirent les armées que la défense nationale créait et organisait, et de nouveau recommencèrent à combattre.

Mais les deux braves, cette fois, en faisant leur devoir avaient l'âme pleine de douleur, le cœur plein de rage. — « Qui l'eût dit, murmurait souvent Brimard, et pourtant, s'ils n'étaient pas aussi nombreux, nous en viendrions bien à bout ! »

On était sous les murs d'Orléans. Une grande bataille se préparait.

Le commandant Pierre reçut l'ordre de défendre, avec ses canons, un plateau situé non loin de la ville. Brimard ne quitta pas son chef.

Dès le lever du jour, les canons du commandant Pierre se mirent à vomir la mitraille. Dans le lointain, bien au fond dans la vallée, on apercevait la masse noire de l'armée allemande qui, en rangs serrés, s'avançait.

Les coups de canon se succédaient sans relâche ; les obus pleuvaient et, tombant dans une terre détrempée, n'éclataient pas ou éclataient avec un bruit sourd. De temps en temps, la note aiguë d'un clairon se faisait entendre, puis à l'horizon des éclairs suivis bientôt du crépitement de la fusillade.

Mais hélas ! comme toujours les Prussiens avaient tourné les positions françaises. Leur artillerie, placée sur des hauteurs, dominait le plateau, et bientôt une pluie de feu vint le balayer. Autour du commandant Pierre, les hommes tombaient mortellement frappés en chargeant leurs pièces et nos canons en un instant furent obligés de devenir silencieux. Il n'était pas possible de tenir plus longtemps sur le plateau. Prolonger la résistance eût été une héroïque folie. De plus, à ce moment, les clairons français sonnaient la retraite, note lugubre de cette dernière guerre, qui annonçait la défaite et à laquelle la trompette allemande répondait par des accents de : « En avant ! »

Les artilleurs du commandant Pierre s'attelèrent aux canons, presque tous les chevaux ayant été tués, et les uns tirant, les autres poussant les roues, aux prix de mille efforts, ils purent ramener au parc d'artillerie cinq pièces ; un seul canon avait été laissé sur le plateau ; on avait dû faire la part du feu.

Lorsque à la tête de ses artilleurs, le commandant Pierre passa devant le général qui dirigeait la retraite, celui-ci lui cria : « Commandant, combien de sauvés? » — « Cinq sur six », répondit-il. Le général — un brave que la revanche ne retrouvera pas — répliqua : « J'aurais mieux aimé six sur six ! »

*
* *

Mais le Commandant était inquiet. Brimard manquait à l'appel. Avait-il été tué là-haut sur le plateau? Et y dormait-il du dernier sommeil ! Et, la figure noire de poudre, des larmes dans les yeux, l'officier interrogeait chacun de ses hommes pour savoir ce qu'était devenu son vieux brosseur. Personne ne put lui répondre. Brimard devait être parmi les morts.

Tout le monde était rassemblé ; l'ordre de se mettre en marche allait être donné, quand au loin, tout à fait à l'horizon de la route, un point noir se montra.

— Qu'est-ce donc, dit le général portant sa lorgnette sur ce point.

— Quelques traînards... ou peut-être des uhlans répondirent des officiers.

— Non, on dirait un homme qui traîne quelque chose.

— Allez voir, dit le général à un de ses officiers d'ordonnance.

L'officier partit au galop.

Quelque instants après, le régiment d'artillerie, rangé sur la route, voyait passer devant lui un artilleur, le visage couvert de sang, traînant un canon, avec l'aide d'un cheval blessé. C'était le canon abandonné sur le plateau, et l'artilleur était Brimard.

Les soldats applaudirent. Une armée qui comptait des Brimard dans ses rangs pouvait accepter fièrement sa défaite.

Le commandant Pierre, arrachant la croix qu'il portait sur son dolman, s'écria: « Général, permettez-moi de l'attacher sur la poitrine de ce brave! »

Et Brimard, la voix entrecoupée par l'émotion: « Merci, mon commandant, mais je ne la porterai pas longtemps. J'ai sauvé votre canon; seulement, cette fois, j'ai oublié de sauver ma carcasse! »

UNE PATRIOTE

Qui ne se rappelle, à Toulouse, ce jour où, aux accents du *Chant du Départ*, nos régiments de ligne, traversant les allées Lafayette, partirent pour la frontière! Ces journées sont de celles qui ne s'oublient pas et qui restent à jamais gravées dans les mémoires.

Au premier rang de la foule qui accompagnait de ses acclamations nos soldats se trouvait une revendeuse du Capitole (1), la Miette. Son fils, Jean-Pierre — *lou pitiot* — partait. Un soir, il était venu la trouver: « Tous les camarades de l'atelier, lui avait-il dit, se sont engagés, mère, que dois je faire? » Et aussi naturellement qu'elle eût crié: « Poisson

(1) Le Capitole est une place de Toulouse où se tient le principal marché de la ville.

frais à dix sous la livre! » la revendeuse, sans hésiter, lui répondit : « Partir avec eux! »... Ce cri d'une patriote, la mère le pleura. Jean-Pierre était si chétif, si jeune! c'était un enfant. Il n'avait jamais quitté la maison; il ne s'était encore jamais endormi sans avoir été embrassé par sa mère! En pensant à cela la Miette sentait son courage faiblir. Elle pouvait conserver son garçon chez elle, continuer à l'entourer de ses soins, de son affection, et c'était elle qui lui avait dit de s'engager! Mais au jour du départ ce n'était plus le moment d'avoir des regrets, de s'attendrir et d'affliger le *pitiot* — et elle sécha ses larmes.— Elle prépara le sac de l'enfant: elle y mit de bons bas de laine, de gros gilets, des provisions; elle y aurait mis son cœur, si elle avait pu, la pauvre femme! Et le jour où, avec les camarades, Jean-Pierre prit le chemin de la gare, la mère, le suivant des yeux, lui souriant à travers ses pleurs, l'encourageait de la main et lui criait, la voix pleine de sanglots : « A bientôt, Jean-Pierre! à bientôt! » Avec ce mot: « bientôt » elle essayait de tromper sa douleur.

Quand le régiment eut quitté Toulouse, les revendeuses du Capitole disaient en parlant de la Miette: « C'est une brave femme ; elle n'a point fait comme certaines dames ; elle n'a point envoyé son fils se cacher dans quelques pays étrangers ; elle l'a envoyé à la guerre ! »

*
* *

Jean-Pierre et son régiment allèrent rejoindre l'armée du maréchal Bazaine. Ils assistèrent aux derniers combats livrés sous Metz, puis au siège de cette ville. Le 28 octobre, au milieu des cris de rage et d'indignation de soldats demandant à combattre ou à mourir, Jean-Pierre apprenait la reddition de Metz. — Son cœur se serra à cette triste nouvelle; il devenait captif, il était prisonnier de l'ennemi.

Le soir du 28 octobre, par une pluie battante, des officiers, sans leur sabre, conduisaient désarmés nos soldats vers les lignes prussiennes. Là, des sous-officiers allemands les attendaient; on faisait l'appel et puis, par sections, on menait ces prisonniers, qui marchaient la tête basse et le visage sillonné de larmes, vers des baraques en bois préparées pour leur servir d'abri. Les régiments français de toutes les armes étaient ensemble pêle-mêle. Un artilleur blessé s'appuyait sur l'épaule de Jean-Pierre qui, les dents serrés, les yeux fixes, restait là immobile, comme pétrifié !...

Le lendemain, par groupes de cent, les prisonniers, escortés par des uhlans et des fantassins de la garde, prirent le chemin de la Prusse. Ce voyage ne fut qu'un long calvaire. A chaque étape on laissait des morts et des mourants; sur la route, de temps en temps, des hommes tombaient de fatigue, de froid, d'inanition ; les allemands les poussaient du pied et les laissaient mourir là. Ceux qui ne marchaient pas assez vite étaient frappés, et des officiers prussiens, le verbe haut, venaient sur le passage des prisonniers les insulter et leur jeter des menaces. — « Ils voulaient aller à Berlin, criaient-ils, ils y vont ! » — et nos soldats, comprimant leur colère et leur indignation, ne pouvaient que murmurer : « Aujourd'hui n'est pas toujours !... »

Jean-Pierre fut interné avec ses camarades à Mayence. L'hiver était arrivé ; le froid vif et pénétrant saisissait les malheureux prisonniers qui n'avaient pour se garantir que des capotes hors de service et des pantalons usés. Ces soldats, habitués à un climat chaud, à une température douce, ne pouvaient résister aux intempéries de la saison. La nourriture qu'on leur donnait était insuffisante pour réparer leurs forces ou les entretenir ; aussi chaque jour le nombre des prisonniers diminuait ; chaque jour des convois se dirigeaient vers l'hôpital ou vers le cimetière, et le soir, lorsque le fifre allemand sonnait l'extinction des feux dans le cantonnement, un sourd gémissement s'élevait du camp des captifs comme une prière désespérée d'hommes demandant à mourir.

Une nuit Jean-Pierre se réveilla en proie à une fièvre violente ; il lui semblait que sa tête allait éclater ; sa gorge était sèche et autour de lui il croyait voir une chaîne de fantômes. Le délire le prit et on l'envoya à l'hôpital.

Là, dans des salles sombres, mal aérées, où la lumière n'arrivait qu'à regret, et comme ayant horreur d'éclairer ce tableau désolant de misère et de souffrance (1), se tenaient des hommes, la figure hâve et se serrant les uns contre les autres pour se réchauffer. Ça et là, sur le sol humide et boueux, un peu de paille recouverte d'un grossier paillasson servait de lit. Un poêle fonctionnant mal se trouvait au milieu de la pièce, et des malades, couverts de haillons, se traînaient en frissonnant jusque auprès de ce poêle dont la chaleur pouvait les ranimer. Une bise glacée soufflait à travers les portes et les fenêtres mal fermées et venait implacablement achever l'œuvre de mort des Prussiens.

C'est dans une de ces salles que Jean-Pierre fut porté. On l'étendit dans un coin obscur entre un

(1) Cette description est rigoureusement exacte. Jamais on ne dira assez combien nos soldats furent maltraités et mal soignés par les Prussiens.

Dans le numéro du 2 janvier 1871, de *l'Evening Standard*, se trouve une correspondance relative aux hôpitaux allemands : nous croyons devoir en extraire le passage suivant :

« Je passai, raconte le correspondant anglais, dans diverses salles; elles se ressemblaient toutes, mal éclairées, mal aérées, sans lits et sans consolations.

« Les hommes, du premier au dernier, étaient à moitié nus et serrés les uns contre les autres, comme des cochons sous un toit ! — J'ai le cœur navré de voir ces pauvres français, nos gais voisins, comme nous aimons à les appeler, si terriblement humiliés, abandonnés et misérables !

« Je parlai avec beaucoup d'entre eux, et j'appris qu'ils n'avaient qu'un seul désir, un fort et ardent désir, celui de vieux zouave et un cuirassier. Dans cette chambre Jean-Pierre n'entendit que des plaintes, des soupirs, des gémissements.

A côté de lui le vieux zouave ne cessait de répéter : « Quel malheur de n'être pas mort à Sébastopol !... »

Mais la figure imberbe de l'enfant avait frappé le vieux soldat de Crimée ; il s'approcha de Jean-Pierre :

— Qu'as-tu, petit, lui demanda-t-il ?

— Je ne sais pas, mais je me sens bien malade...

— Bah ! tu en verras bien d'autres avant de mourir... D'où es-tu ? Et le zouave interrogea Jean-Pierre, lui fit raconter son engagement et apprenant ce qu'avait dit et fait la Miette : « Cré nom de nom ! disait-il, c'est beau ça et tu as, ma parole, une crâne mère, tu peux t'en vanter !... »

mourir ; ils parlaient avec envie des morts, et priaient Dieu que leur tour vînt bientôt de combler la grande corbeille verte dans laquelle on transporte les corps (si fréquemment hélas !) à travers les rues désertes de Cologne.

« Après avoir visité les salles, j'entrai dans la cuisine et remarquai qu'elle n'a que douze pieds de longueur sur douze de large. Cette pièce a été trouvée bien assez grande pour le service de 600 hommes à qui il faudrait préparer des aliments d'infirmes. Ce fait aidera le peuple anglais à comprendre comment les prisonniers français sont traités par le gouvernement allemand. Les autorités prussiennes ne veulent pas être brutales, sans nécessité ; seulement elles ne veulent *pas être responsables de l'existence de ceux à qui on a enlevé leur liberté et leurs foyers.*

« Ils ont, disent les fonctionnaires, leurs propres malades et blessés, et ne peuvent être ennuyés et préoccupés des blessés et des malades d'un ennemi. »

Sa mère ! on venait de parler de sa mère à ce pauvre enfant qui depuis des mois était sans avoir pu lire une ligne d'elle. Il lui avait écrit pour lui dire qu'il était prisonnier ; mais avait-elle reçu sa lettre ? Et ne serait-il pas mort, peut-être, avant d'avoir sa réponse ?

— Crois-tu, demandait-il au vieux zouave, que j'en guérirai ?

— Tu en guériras, l'enfant ! et tu seras, toi, de la revanche !... répondait sourdement le vétéran.

Un matin, Jean-Pierre se sentit plus faible. « J'ai la poitrine en feu ! », murmurait-il. Une soif ardente s'était emparée de lui. Tout son corps tremblait. Le zouave fut effrayé de ces symptômes. — « Petit, ça va pas bien, aujourd'hui, » lui dit-il. — « Non, soupira l'enfant. Je mourrai avant d'avoir une lettre de chez moi...» Et la journée se passa longue, triste, douloureuse. L'enfant ne cessa de pleurer ; il voyait la mort venir... Le soir, péniblement il serra la main au zouave ; puis, dans un mouvement convulsif et poussant un soupir, il s'enroula dans sa vieille capote et s'en fit un linceul...

Le lendemain le chirurgien allemand, en passant devant le cadavre de Jean-Pierre, le toucha du pied :

— Encore un de mort ! dit-il. Enlevez-le et portez-le au panier vert (1)...

(1) Grande corbeille en osier dans laquelle on mettait les morts pour les transporter au cimetière.

Quelques instants après, un sous-officier prussien distribuant les lettres appelait : « Jean-Pierre Miette... soldat au... »

Le vieux zouave répondit : « Mort ! », puis il ajouta : « Pauvre enfant !... »

*
* *

La Miette est toujours revendeuse à Toulouse. Elle n'a point quitté le deuil de son enfant. Elle a toujours sur la tête un foulard noir. Quand on lui parle de Jean-Pierre, elle ne pleure plus — ses yeux n'ont plus de larmes ; — mais elle dit : « Je ne me consolerai de sa mort que le jour de la revanche ! »

UNE DERNIÈRE GARDE

Dans certains régiments, il est d'usage que les volontaires d'un an marquent leur dernière garde par un *réveillon* qui, à l'attrait d'une fête joint aussi l'attrait du fruit défendu. Le *réveillon* se fait d'ordinaire vers minuit, à l'heure où les rondes sont finies et où les adjudants, gens fâcheux, se livrent au sommeil. Aussi, lorsque notre tour de garde fut arrivé, respectueux de la tradition, et sans crainte du sergent Maranter, nous nous préparâmes à célébrer avec pompe et champagne nos adieux à la caserne.

De tous les sergents du régiment, Maranter était le plus sévère, le plus dur. Jamais un conditionnel n'avait pu le corrompre. Un jour de consigne ou de salle de police infligé par lui devait se faire. Rien ne le touchait : ni supplications, ni prières. « Quand je punis, disait-il, c'est pour le bien du soldat. Que diantre, ce n'est pas avec du chocolat qu'on fait une armée! c'est avec la salle de police! » et cette théorie, peut-être controversable, était sans pitié mise en pratique dans la compagnie où Maranter était sergent.

Maranter avait été chargé de l'instruction des engagés conditionnels, et c'est assurément sa sévérité traditionnelle qui lui avait valu cette désignation.

Pourtant, le soir de notre dernière garde, Maranter n'osa point s'opposer trop énergiquement aux préparatifs du réveillon. Les cantinières furent mises à contribution; le planton voyagea dans toutes les pâtisseries de la ville, et au moment où le marteau de l'horloge frappait le douzième coup, la table se dressa comme par enchantement, et de tous les « azors », ainsi que dans une féerie, surgirent des bataillons de bouteilles et des provisions de toute espèce.

Maranter essaya bien de protester; mais nous partions le surlendemain. Que faire? et bon gré, mal gré, il accepta la présidence de notre joyeux repas. On fit honneur aux talents culinaires de Mme Malkamp, la grosse cantinière, et le clairon Bonpoint, qui n'avait jamais rêvé une pareille fête, déclara que c'était encore mieux qu'à la noce du caporal-tambour!

Avec le champagne, vinrent les toasts; et depuis le caporal Briou jusqu'au ministre de la guerre, chacun eut sa part de souhaits et de vœux.

Seul Maranter était triste. Nos rires, notre gaieté, nos propos le laissaient insensible.

« Et le sergent, dit un espiègle, on n'a pas porté sa santé. Je bois au sergent ! »

« Au sergent ! » répétâmes-nous en levant nos verres.

Et Maranter nous répondit : « A la revanche de 1870 ! »

Ces mots prononcés d'une voix vibrante produisirent une vive impression. Nous nous regardions tous en silence.

« Tenez, reprit Maranter, vous êtes des jeunes gens instruits, des hommes d'avenir, comme on dit, et vous n'avez pas pensé tout à l'heure à la Patrie ! Vous portez l'uniforme, et vous ne vous rappelez pas notre dernière guerre ! C'est qu'elle ne vous a rien coûté à vous. Mais à moi, elle m'a enlevé mon père, ma mère, mon Alsace ; aussi je me souviens,» — et les yeux de Maranter étaient pleins de larmes. — « Nous avons le temps, mes amis, voulez-vous me permettre de vous raconter l'épisode de ma vie qui se rattache à 1870, et vous verrez si j'ai tort de parler de revanche ?

« Lorsque cette funeste guerre de 1870 éclata, j'habitais, avec ma famille, un petit village du centre de l'Alsace ; mon frère aîné était à l'armée du Rhin. Les nouvelles, qui, dès les premiers combats, parvinrent chez nous, furent mauvaises. Nous étions partout repoussés et les Prussiens avaient envahi notre pays. Tous les jours, sur les routes, on voyait passer des régiments français, battant en retraite, et d'un moment à l'autre, le village s'attendait à l'arrivée des Allemands.

« Mon père, ancien soldat, ne pouvait croire à nos revers. « Si les Prussiens viennent ici, disait-il, « il faudra les recevoir comme ils le méritent. »

« Un soir, j'étais à jouer avec les enfants du village sur la route qui conduit au bourg. Des points noirs, distants les uns des autres, se montraient depuis quelque temps vers le fond de la route, dans la direction de Schlestadt. Ils attirèrent notre attention. Chacun faisait des suppositions. « Ce sont des Fran« çais, disait l'un, des dragons. » Mais Mayer, le fils du forgeron, s'écria : « Non, on dirait des uhlans, ce « sont des Prussiens! » Et saisis de frayeur, nous prenons la fuite vers le village en criant : « Les « Prussiens ! Les Prussiens sont là ! »

« De tous côtés, on accourt, on se presse, l'émoi est général. Que décider? Mon père arrive sur la place avec son fusil de chasse. Il appelle aux armes quelques amis, et, à leur tête, il se porte au-devant des uhlans. Ceux-ci, en apercevant des hommes armés qui marchaient à leur rencontre, tournèrent bride et disparurent.

« Il fallait s'attendre, pour le lendemain, à un retour des Prussiens en force. C'est ce qui arriva. A la première heure du jour, avant que nous ayons pu organiser un simulacre de résistance, les Bavarois occupaient le village. Les habitants furent mis à réquisition, et une énorme contribution de guerre nous fut imposée pour nous punir d'avoir tiré la veille sur les uhlans.

Parmi les officiers qui dirigeaient l'occupation du village, se trouvait un certain Schner. Ce Schner avait longtemps travaillé chez nous, comme ouvrier charron.

Rencontrant mon père sur la place du village, il crut pouvoir aller au-devant de lui et lui parler.

Mon père fut saisi d'indignation : « Lâche espion, lui cria-t-il, tu oses regarder en face un honnête homme ! »

« Ne vous fâchez pas, M. Maranter lui répondit l'allemand, car si vous vous fâchiez, je pourrais peut-être savoir qui, hier soir, a tiré sur nos uhlans. »

Il n'avait pas achevé que mon père, lui sautant à la gorge, l'étreignait et le renversait par terre en lui criant : « Dénonce-moi, misérable, vends-moi à tes Prussiens, après avoir vécu chez moi, » et il frappait à coups redoublés l'allemand.

Des soldats se précipitèrent sur mon père, pendant que Schner se relevant, couvert de boue, le visage ensanglanté, plein de rage, hurlait : « Tuez-le. »

Mon père fut garotté, et conduit devant le colonel qui commandait le détachement. Je le vis passer entre des soldats; Schner le suivait, l'insultant et le menaçant.

A la nouvelle de l'arrestation de mon père, ma mère courut avec moi chez le commandant. L'officier allemand, sans nous écouter, nous fit chasser, à coups de plats de sabre, par ses soldats.

Mon père fut condamné à être fusillé sur la place de l'église. Notre maison devait être livrée au pillage et brûlée ensuite.

On nous fit sortir, ma pauvre mère et moi, de notre maison, et les Allemands, après l'avoir saccagée et détruit tout ce qu'ils y trouvèrent, y mirent le feu. Ceux de nos amis qui protestaient furent battus, et Mayer, le forgeron, qui voulut essayer d'éteindre l'incendie, reçut un coup de baïonnette.

Quelques heures après la destruction de notre maison, mon malheureux père passait entre des soldats. On allait le fusiller. J'essayais de parvenir jusqu'à lui pour l'embrasser une dernière fois. Les soldats me repoussèrent à coups de crosse, et l'un d'eux, un lâche, ne craignit point de lever la main sur ma mère. Ils placèrent mon père contre le mur de l'église et ce fut l'espion qui commanda le feu... »

.... Et à ce douloureux passage, le sergent se prit à pleurer. Son émotion nous avait gagnés ; la simplicité touchante de ce triste récit avait produit une grande impression sur nos esprits, et un profond silence interrompu seulement par les pas de la sentinelle qui veillait au dehors, régnait dans ce corps de garde où, de la bouche d'un alsacien, nous apprenions la somme de sacrifices que chacun doit à la patrie.

Maranter termina ainsi son récit : « Tant de malheurs, d'émotions avaient brisé ma mère ; elle ne survécut pas à sa douleur ; j'espérais que mon frère me resterait au moins, il est mort devant Paris. Seul et sans ressources, dès qu'il nous fut permis d'opter, j'abandonnais, avec tous nos amis, notre Alsace. Le vieux Mayer seul est resté au village. C'est lui qui entretient la tombe de mon père, tombe que j'espère bien revoir un jour !... En France, les camarades se sont dispersés. Comme j'avais toujours aimé le métier militaire, je me suis engagé dans ce régiment, et c'est ici que j'attends le jour de la revanche ! » — et des éclairs de haine jaillirent à ces mots des yeux de l'alsacien.

« Ce jour-là, sergent, s'écria en guise de péroraison le clairon Bonpoint, ce jour-là, j'en serai pour sonner la charge. »

Jamais le poste de la caserne ne fut aussi bien gardé.

UNE CHASSE AUX ALOUETTES

— Aller chasser, lorsque les Prussiens battent tous les jours la campagne, quelle imprudence, mon Dieu! murmurait Madeleine, la femme de Claude, le plus enragé chasseur de la contrée.

— Bah! répliquait Claude, les Prussiens sont loin, puis au petit bonheur! voilà six grands jours que je ne suis pas sorti, les jambes me démangent et d'ailleurs sois tranquille, nous ne nous éloignerons pas beaucoup du village, et appelant Jacques, son fils, un enfant de quinze ans, Claude prit son fusil et sortit.

Ils allaient chasser l'alouette. Jacques portait le miroir, la corde qui devait faire tourner le miroir et le sifflet pour attirer les oiseaux.

Le soleil commençait à se lever; ses rayons naissants se reflétaient dans les gouttes de rosée qui scintillaient de tous les côtés de la route ; dans la plaine, chaque brin d'herbe semblait paré de diamants. Dans les airs, déjà les alouettes voltigeaient et décrivaient, en jetant de petits cris joyeux, de grands cercles dans la lumière dorée qui inondait l'espace.

Claude marchait gaiement, il humait la brise fraîche du matin avec bonheur et disait à Jacques :

— N'était-ce pas dommage de laisser perdre une aussi belle matinée? si j'en croyais ta mère, je ne pourrais plus sortir de la maison!...

— Peut-être, répondait l'enfant, mère a-t-elle raison. Elle craint que les Prussiens...

— Que les Prussiens?... Que veux-tu qu'ils nous fassent les Prussiens? Nous sommes des chasseurs qui allons gagner notre journée, et par ces temps on a besoin d'argent. Puis les Prussiens ne sont pas proches du village; Michel, le facteur, m'a dit hier qu'ils étaient encore au-delà de Verlhac et pour qu'ils viennent jusqu'ici, ils ont du chemin !

Les chasseurs étaient arrivés à l'endroit où ils devaient entrer en chasse. Au milieu d'un grand champ de chaume, Jacques alla placer le miroir, ensuite le père et le fils, cachés dans un fossé, se mirent à siffler et à donner, à l'aide de la corde, un mouvement de rotation rapide au miroir. Le miroir tournait brillant et jetant de petits éclairs qui se succédaient sans relâche. Bientôt fascinées, les ailes étendues, semblant immobiles dans les airs, les alouettes vinrent planer au-dessus du miroir. Claude choisissait ses victimes, et, autour de l'objet trompeur, de pauvres petits oiseaux tombaient frappés par le plomb du chasseur. Mais au moment où, encore une fois, Claude allait ajuster une alouette, son fils le tira brusquement par le bras.

— Père! dit-il, d'une voix tremblante, vois là-bas! — et dans le fond du grand champ, marchant sur une même ligne, éloignés les uns des autres, s'avançaient des soldats prussiens.

Claude regarda et pâlit. De tous les côtés, des Allemands! ils se dirigeaient vers lui en l'enserrant dans un cercle.

Le miroir ne tournait plus; le père et le fils, silencieux, pleins d'effroi, se tenaient serrés l'un contre l'autre, pendant que sous les pieds des soldats qui marchaient dans le chaume, s'envolaient en chantant des alouettes.

A cinquante pas des chasseurs, les Prussiens s'arrêtent :

— Rendez-vous, crient-ils.

Claude, le visage inondé d'une froide sueur, sort du fossé et se montre sans armes; il fait signe qu'il est sans défense.

Les Prussiens l'entourent alors.

— Que faites-vous là, lui disent-ils, d'un ton menaçant... Vous êtes des francs-tireurs.

— Non, proteste Claude, je suis un chasseur d'alouettes. Voyez mon miroir, voyez mon carnier, je n'ai sur moi que du petit plomb.

— Tout cela est faux! réplique l'officier qui commande les Allemands. Vous êtes pris les armes à la main et vous allez être fusillés, — et il fait signe à ses hommes d'attacher Claude et Jacques.

A genoux, le père se traîne devant les soldats ; il leur demande d'avoir pitié de son fils, de cet enfant qui est là, glacé de peur.

Les Prussiens n'écoutent rien ; avec la corde du miroir ils lient le père et l'enfant et les entraînent au milieu du champ.

— Grâce pour mon fils! crie le malheureux père.

— Feu! répond l'officier allemand.

Claude s'affaisse lourdement sur le sol, pendant que Jacques, battant l'air de ses mains, tournoie un instant et tombe ensuite sur le corps de son père.

Les Prussiens n'osèrent pas regarder les deux cadavres.

Ils ramassèrent les alouettes laissées autour du miroir et s'éloignèrent dans la direction du village.

La première maison qu'ils trouvèrent sur la route était celle de Claude. C'est là qu'ils entrèrent. A leur vue, Madeleine frémit.

— Eh! femme, fais-nous manger, lui crièrent-ils brutalement... et fais-nous cuire ces oiseaux, ajoutèrent-ils, en jetant sur une table les alouettes toutes tachées du sang de Claude et de Jacques.

A peine Madeleine eut-elle vu ces oiseaux, qu'elle poussa un cri qui n'avait rien d'humain et, se précipitant hors de la maison, elle courut vers la plaine.

Le soir, les paysans, en allant chercher les cadavres des deux malheureux chasseurs, la trouvèrent assise à l'entrée du champ où Jacques et Claude avaient été assassinés.

— Chut! leur fit-elle — ils sont là, ils dorment! — La pauvre femme était folle!

. . . .

. . . .

Quant aux Prussiens, ils avaient mandé devant eux le maire de la commune, et lui avaient tenu ce langage :

« Nous avons fusillé deux hommes qui tiraient des coups de fusils. La commune est responsable de ce fait; une contribution de guerre de mille francs vous est imposée!... »

UN JEUDI EN ALSACE

(Souvenir du 14 Juillet 1881)

Quatre heures venaient de sonner. — Enfin la classe du mercredi était terminée. Les écoliers rassemblant leurs livres, leurs cahiers épars sur les pupitres, se préparaient à quitter leur vieux maître, M. l'instituteur Matter. Mais la voix grave du professeur les rappela ; il avait encore, le père Matter, un dernier avis à leur donner : — « Mes enfants, leur recommanda-t-il, n'oubliez pas notre rendez-vous de demain ; n'oubliez pas de dire à vos familles de vous vêtir de vos beaux habits du dimanche, et surtout soyez discrets..., ajouta-t-il avec un bienveillant sourire, en mettant le doigt sur ses lèvres.

Les petits Alsaciens quittèrent, ce soir-là, la classe très intrigués. L'instituteur leur disait de revenir le lendemain — un jeudi, jour de congé — et il ne leur faisait pas connaître les motifs de cette dérogation à l'usage — aussi les suppositions allaient-elles leur train. — C'est peut-être la fête du père Matter, hasardait l'un. — Mais non, reprenait l'autre, sa fête est à la fin de septembre seulement. — Alors, c'est pour une inspection de ces gueux de Prussiens?... — Non! l'instituteur ne nous ferait pas mettre nos beaux habits pour voir une tête allemande!... — Et les jeunes écoliers se séparèrent impatients d'être plus vieux d'un jour.

Matter était l'ancien régent français du petit village. Son grand âge l'avait protégé contre la Prusse qui n'avait pas osé le renvoyer. On l'avait laissé à son poste et les cheveux blancs, le corps ployé en deux, il continuait à apprendre aux enfants de ceux qu'il avait élevés le peu qu'il savait. — Tout le village était passé sur ses bancs ; on l'appelait « le père » et il était très fier de ce titre.

C'était devant sa porte ou dans son petit verger que quelques familles se rendaient à la sortie des vêpres, le dimanche. Là, on causait librement, loin de tout œil de policier allemand, hors de toute oreille d'espion. On parlait du pays français, de cette patrie absente. Le vieil instituteur leur disait qu'on préparait là-bas la revanche, qu'on forgeait les armes qui devaient briser leurs fers, et les femmes en l'entendant ainsi s'exprimer, pleuraient silencieusement, pendant que les hommes hochaient mélancoliquement la tête...

— Pensez-vous, père, qu'ils viendront bientôt? demandaient-ils, — et le vieil instituteur, la voix tremblante, les rassemblant tous... Le temps approche, disait-il d'un air mystérieux, je ne sais ; — mais le fils à Daniel qui revient de Paris, m'a dit qu'ils avaient de nombreux soldats, des cavaliers bien équipés, des canons en quantité ; que leurs généraux travaillaient ; qu'on serait bientôt prêt. Ils pensent à nous, et pour sûr ils viendront bientôt... Et les Alsaciens, essuyant une larme d'espérance, quittaient le vieux maître en emportant dans le cœur le souvenir d'une patrie toujours chère.

Or donc, Matter avait convoqué ses élèves pour le jeudi. Dès la première heure le petit essaim d'écoliers bourdonnait devant la porte de l'instituteur. A l'heure dite la porte s'ouvrit et, comme une avalanche, les élèves se précipitèrent dans la classe. Le maître était déjà à son pupitre ; à la boutonnière de sa redingote des jours de fête, le père Matter avait une cocarde tricolore en immortelles. Les enfants regardaient avec surprise leur professeur ; sa figure respirait une joie, une satisfaction inaccoutumées ; depuis qu'ils le connaissait, jamais ils n'avaient vu son visage empreint d'un aussi vif contentement.

Dès que son petit monde eut pris ses places, Matter se leva : « Mes enfants, dit-il, avez-vous regardé le calendrier ? C'est aujourd'hui le 14 juillet et c'est aujourd'hui la fête nationale de notre France. C'est pour nous unir à nos frères de là-bas que je vous ai fait venir », — et descendant de sa chaire, le maître donna à chaque écolier une petite cocarde.

« Ne la montrez pas dehors, vous me perdriez », — disait-il. — Soyez tranquille, M. Matter, interrompit un de ses élèves, en Alsace on ne porte la cocarde française que sur le cœur. — « Bien dit, mon ami, » — et le maître, fier de ses petits écoliers, les regardait avec orgueil, parés des couleurs françaises.

« Maintenant, reprit Matter, je vais vous montrer ce que les Prussiens m'ont défendu de vous enseigner, ce que je montrais autrefois, hélas ! à vos pères », et le vieux professeur reculant le tableau noir découvrit aux yeux de ses élèves une grande carte coloriée de la France. « Voilà la patrie ! » leur dit-il, — et sa baguette à la main, redressant sa taille voûtée, les yeux brillants et animés, Matter se mit à expliquer aux écoliers la composition géographique de la France. Il leur indiqua ses bornes, son étendue ; il leur parla de ses villes, de sa population, de son génie, de son gouvernement. Il leur rappela rapidement son histoire, ses victoires, ses triomphes, ses défaites, ses malheurs ; il évoqua les souvenirs de 1870 où écrasés par le nombre, trahis par la lâcheté, nos soldats se firent tuer, où les champs de l'Alsace furent arrosés du sang le plus pur et le plus généreux et fier; la voix vibrant d'une patriotique émotion, l'instituteur, dans une antithèse simple et grande, à la France, se traînant aux pieds du vainqueur allemand, opposa la France républicaine, se relevant en un jour de désastres surhumains et retrouvant en quelques années sa place parmi les nations. — « La fête que célèbre aujourd'hui notre patrie, dit en terminant le père Matter, indique son complet relèvement ; au milieu de la joie qui règne dans notre ancienne patrie, on pense à nous et si l'on s'y réjouit, c'est que partout on a l'espérance de venir bientôt nous délivrer. »

Les enfants avaient souvent interrompu les paroles de leur maître, par des applaudissements et des cris timides de : « Vive la France! », leurs yeux s'étaient souvent, bien souvent, pendant que Matter parlait, mouillés de larmes qui avaient sillonné leurs joues roses. L'un d'eux, au moment où l'instituteur s'assit, se leva brusquement et courut à la porte ; il l'ouvrit et s'enfuit. — Lucien ! crièrent ses camarades — Je reviens, répondit-il.

L'action de Lucien avait surpris toute la classe; les écoliers se regardaient étonnés; Lucien était sorti sans autorisation. Matter fronçait le sourcil. Mais déjà leur camarade était de retour. — Maître, dit-il à l'instituteur, vous avez oublié de nous montrer cela ! et dans les mains de l'instituteur, il mit un drapeau aux couleurs de la France. Les enfants se levèrent tout droits sur les bancs, en battant des mains. Matter se découvrit et saisissant Lucien il l'embrassa. Les plis tricolores les couvraient tous deux dans cette accolade et un silence solennel, religieux, régnait dans la salle d'école. Agité par le vent le drapeau s'éleva un moment au-dessus des têtes blondes des écoliers. Ceux-ci, par un mouvement touchant, s'inclinèrent, et le drapeau français eut l'air de bénir ces Alsaciens. Ce jour-là, l'âme de la France était dans la classe du vieux Matter.

Les enfants sortirent de l'école heureux de ce qu'ils avaient fait, de ce qu'ils avaient vu. On leur avait parlé de leur patrie et de l'avenir. Aussi dans toutes les chaumières, racontèrent-ils la belle scène de l'école et que de larmes coulèrent dans les yeux de ces braves Alsaciens! Le soir, chaque famille mit une lampe derrière ses fenêtres : on fêtait la patrie française.

Puis, par groupes, les villageois circulèrent dans le hameau, et, en passant devant Matter, assis sur le seuil de l'école, tous se découvraient et lui criaient doucement : « Vive la France ! »

SOUVENIRS HISTORIQUES

LE COMBAT DE FORMERIE [1]

Les reconnaissances que les Prussiens avaient faites les 18 et 25 octobre à Grandvilliers et à Marseille-le-Petit leur avaient signalé la présence, dans les environs de Formerie, de troupes françaises. Les hussards du colonel d'Espeuille exploraient la contrée, et des détachements allemands, envoyés en réquisition dans la direction Nord-Ouest du département, avaient dû, à différentes reprises, se replier pour les éviter. Ce voisinage pouvait, en cas de défaite, devenir dangereux. — L'attention du lieutenant-général comte de Lippe, qui commandait

(1) Au sujet du combat de Formerie, consulter : *La Guerre franco-allemande,* par la section historique du grand Etat-Major allemand. — *La Guerre dans l'Ouest*, par ROLIN. — *La Guerre en Province*, par M. C. DE FREYCINET. — *Les Prussiens à Beauvais*, par BELLOU.

la 12e division, fut appelée sur cette situation. En outre, la ligne de Rouen à Amiens continuait à fonctionner, et il était, pour les allemands, de toute nécessité d'interrompre le plus tôt possible toute communication entre ces deux villes. Une expédition fut résolue et le général-major de Pilsach de la 24e brigade reçut l'ordre de prendre la direction de l'opération projetée, opération qui devait avoir ainsi le double but de rejeter en arrière les corps français et d'intercepter la ligne de Rouen à Amiens.

Formerie, station de cette ligne, parut devoir être le centre de l'opération et le point où tous les efforts devaient se porter.

Le 27 octobre arrivaient à Marseille deux compagnies du 2e régiment à pied de la garde prussienne et un escadron du 3e dragon saxon. Les soldats parlaient entre eux d'une expédition, et le bruit courut bientôt dans le bourg que les Prussiens projetaient d'attaquer Formerie.

Lors de la première apparition des Prussiens à Marseille, l'Instituteur de la commune, M. Godin, chargé du bureau télégraphique, avait eu soin de faire disparaître les appareils dont il se servait. Les Prussiens firent à Marseille ce qu'ils faisaient partout : n'ayant pu découvrir les appareils ils détruisirent les fils télégraphiques ; mais, par une méprise difficile à expliquer chez un ennemi aussi méthodique dans la destruction, ils ne coupèrent que les fils reliant Marseille à Songeons, et laissèrent intact le fil de Marseille à Formerie. M. Godin, en présence du rassemblement de troupes qui se faisait à Marseille, et surtout en présence des bruits qui circulaient dans la commune, n'hésita pas. Mettant à profit l'erreur des Prussiens, il rétablit les communications entre Marseille et Formerie qu'il informa des intentions de l'ennemi. La conduite de ce digne instituteur fut, en cette circonstance, très courageuse ; il n'ignorait pas que son action pouvait lui coûter la vie si les Prussiens en avaient jamais connaissance (1).

Le 18, à la première heure du jour, le général-major Senfft de Pilsach arrivait par la route de Beauvais. Il avait sous ses ordres une compagnie du 2e régiment de la garde prussienne et quatre escadrons du 2e régiment de uhlans commandés par le lieutenant-colonel de Troski. Une batterie d'ar-

(1) M. Yvart, maire de Formerie, ayant eu connaissance de la conduite courageuse de M. Godin, lui adressa le 11 juillet 1871, la lettre suivante :

« Formerie, le 11 juillet 1871.

« Monsieur,

« Quelques détails qui me sont donnés sur les nombreux services rendus par vous à l'armée et à nous, pendant la guerre, comme chef du bureau télégraphique de Marseille, m'obligent à venir, de nouveau, vous remercier du dévouement avec lequel vous nous avez toujours donné les renseignements les plus utiles sur la marche de l'ennemi.

« J'ai appris que, le jour de notre combat, vous aviez eu les plus grandes difficultés pour maintenir votre fil en communication, mais que poussé par un sentiment de patriotisme dont je ne peux trop vous féliciter (vous agissiez alors malgré

tillerie (capitaine Zenker) complétait la colonne expéditionnaire. Ces forces, réunies à celles qui se trouvaient déjà à Marseille, formaient un effectif de 1,500 hommes et six canons.

Le général Paulze d'Ivoy, dont le quartier général était à Amiens, s'attendait d'un jour à l'autre à l'attaque de la voie de Rouen à Amiens par les Prussiens. Dans cette éventualité, il avait chargé le colonel d'Espeuilles de la défense de cette voie pour la région nord-ouest du département de l'Oise. Le colonel d'Espeuilles, disposant de forces restreintes, avait dû, autant que possible, échelonner ses troupes le long de la ligne, et placer les détachements aux points principaux : Fouilloy, Romescamps, Abancourt, Formerie. Par suite de cette disposition, 130 hommes du 5e bataillon de marche

la défense et les menaces des Prussiens qui occupaient votre localité), et que, sans hésiter, en présence de dangers certains, auxquels vous vous exposiez, vous avez osé, avec autant d'habileté que de courage, rester à votre poste, toujours, et faire votre devoir jusqu'à la fin ; c'est assurément, Monsieur, une conduite bien digne d'éloges et qui vous assure des droits à notre reconnaissance, car, sans vos renseignements, que par télégraphe seulement on pouvait recevoir utilement et dont le colonel d'Espeuilles a tiré si heureusement parti, notre bourg aurait été, sans doute, pris, pillé et brûlé.

« Je vous en remercie de nouveau et d'autant plus vivement, que vous avez accompli ces actes de dévouement dans des circonstances exceptionnellement périlleuses, puisque l'ennemi était chez vous.

« Agréez, Monsieur, l'assurance de ma considération distingué.

« Yvart, Maire de Formerie. »

du 19e régiment de ligne, sous les ordres du capitaine Dornat, occupèrent Formerie. Un poste de hussards y fut également établi.

Jusqu'au 27, on ignorait quel serait le point de la ligne qu'attaquerait l'ennemi. La dépêche de l'instituteur Godin vint donner une indication précise. Aussi, toutes les forces disponibles dont nous disposions dans les environs de Formerie reçurent-elles l'ordre de se mettre en mesure de se porter, au premier appel, vers ce bourg. A Forges, à Gaillefontaine, étaient cantonnés des détachements du 1er bataillon de la garde mobile de l'Oise (commandant Cadet); à Argeuil, se trouvaient deux escadrons du 3e hussard, le 4e bataillon des mobiles de l'Oise, et une section d'artillerie d'Amiens. Le général Paulze envoyait un bataillon de la garde mobile du Nord, commandé par M. Lalène Laprade, et une section d'artillerie sous les ordres du lieutenant Joachim. Ce détachement, parti en train spécial dans la soirée du 27, devait s'arrêter à Poix pour y passer la nuit, et de là au matin être dirigé sur Formerie. Mais, soit que les ordres aient été mal donnés, soit aussi, comme cela s'est trop souvent produit dans cette dernière guerre, confusion d'ordres, le train, qui aurait dû attendre à Poix les mobiles, rentra dans la nuit à Amiens.

Cependant le capitaine Dornat, averti de l'attaque qui allait avoir lieu, prit immédiatement toutes les mesures nécessaires pour arrêter l'ennemi et permettre aux secours d'arriver en temps utile. Il disposa ses hommes en tirailleurs en avant de la voie, et aux abords de Formerie il plaça en vedette les hussards dont il disposait. Ces hussards devaient signaler l'approche de l'ennemi et rentrer dans la ligne des tirailleurs dès qu'ils l'apercevraient. Ces braves gens, pleins de courage, attendaient sans crainte les Prussiens ; ils connaissaient leur devoir et ils ne voulaient pas y faillir.

Vers dix heures, les hussards placés en vedette aperçurent en avant de Mureaumont le peloton de l'avant-garde prussienne. Se conformant aux ordres du capitaine Dornat, ils tournèrent bride et se replièrent immédiatement sur Formerie.

L'alerte était donnée. Le combat de Formerie allait commencer.

Le général Senfft de Pilsach avait adopté pour l'attaque de Formerie l'ordre suivant : les uhlans devaient, se portant rapidement à droite et à gauche, surveiller l'arrivée de tout corps de secours ; la 1re compagnie du 2e régiment de la garde devait prononcer l'attaque, pousser jusque sur la place du marché et occuper les maisons situées sur cette place, en faisant face à la route qui conduit à la gare ; la 2e compagnie devait prendre position à l'entrée Est du village, et quant à la 3e, elle était chargée de tourner Formerie par l'Est. L'escadron du 3e dragon saxon se plaça au-dessous de Mureaumont, et l'artillerie fut se mettre en batterie à l'entrée du petit bois de Bouvresse, sur le territoire de la commune de Boutavent.

Les hussards français venaient à peine de rentrer, qu'un peloton d'une quarantaine de uhlans, traversant rapidement le village, arrive à fond de train sur la gare. Accueillis par un feu de ligne qui blesse deux cavaliers et plusieurs chevaux, ils font volte-face, et fuient dans la direction du bourg. Le capitaine Dornat ordonne aussitôt une marche rapide en avant, et au pas de course, à la tête de 115 hommes, il poursuit les uhlans jusque sur la place du marché.

Mais la 1re compagnie du 2e régiment occupait déjà le côté opposé de cette place. Postés aux fenêtres, cachés derrière les portes des habitations, les Prussiens commencent contre les Français un feu à volonté des plus meurtriers. Le capitaine Dornat, avec un sang-froid admirable et une intrépidité remarquable au milieu des balles qui sifflent de toutes parts, fait pénétrer ses hommes dans les maisons faisant face à celles où se trouvent les allemands, et bientôt éclate sur toute la ligne une fusillade nourrie.

Cette marche en avant exécutée par le capitaine Dornat venait d'assurer le succès de la journée. Elle avait eu comme premier avantage celui d'empêcher les Prussiens d'arriver jusqu'à la ligne du chemin de fer et d'y écraser le petit détachement qui la défendait ; elle eut comme second avantage celui de permettre aux Français établis solidement dans les maisons de la place de Formerie de résister jusqu'à l'arrivée des renforts.

Ce qu'il fallait, en effet, c'était lutter avec la plus grande énergie, arrêter le plus longtemps possible l'ennemi. Pendant près de deux heures, les coups de feu se succèdent sans interruption. Le général Pilsach, étonné de cette opiniâtre résistance, ne pouvait se rendre un compte exact des forces qu'il avait devant lui. Il crut à une supériorité numérique qui n'existait pas, et c'est ce qui explique comment, au lieu de tenter une action décisive, il n'agit qu'avec une extrême prudence et une circonspection toute germanique.

Vers dix heures et demie, l'artillerie, placée à la lisière du bois de Bouvresse, commença à prendre part au combat. Les artilleurs pointaient leurs pièces sur les maisons situées en arrière de la place. Leurs boulets n'occasionnèrent que des dégâts matériels (1). Quant aux obus qui tombaient sur le sol, ils s'enfonçaient dans la terre et n'éclataient pas.

Mais le bruit de la fusillade, les coups de canon qui se succédaient à de courts intervalles avaient été entendus par les troupes qui venaient au secours du capitaine Dornat. Elles comprirent que le combat

(1) Parmi les maisons qui ont le plus souffert de ce bombardement, il faut citer celle de M. Fourgons-Barbemintière — atteinte de plus de vingt boulets — et celle de M. Guibert. Ces deux habitations, plus élevées que les autres, servaient de point de mire.

Pendant le bombardement et l'attaque de Formerie, les habitants s'étaient réfugiés dans les caves où ils restèrent près de quatre heures.

était engagé et elles accélérèrent leur marche.

Dès onze heures et demie, une compagnie du 1er bataillon de la mobile de l'Oise (capitaine des Courtils), arrivait à la gare de Formerie. A midi, une autre compagnie du 1er bataillon des mobiles de l'Oise (capitaine Alavoine), venant de Gaillefontaine débouchait au même point. Laissant le capitaine des Courtils pour défendre la voie, le capitaine Alavoine se porte au pas gymnastique vers la place du marché pour relever les défenseurs de Formerie. L'arrivée de ce renfort ranime le courage des combattants. La lutte reprend avec une nouvelle violence.

Le capitaine Alavoine distribue ses hommes et essaye d'occuper un pâté de maisons situé de l'autre côté de la place. Ce sera là une excellente position pour répondre à la fusillade de l'ennemi et surtout pour le prendre de flanc s'il tentait de forcer l'entrée de la rue qui conduit de la place du marché à la gare. Voyant ce mouvement, les Prussiens font pleuvoir une grêle de balles sur nos mobiles. Le capitaine Alavoine est blessé et obligé de quitter le champ de bataille. Le capitaine Dornat est également blessé quelques instants après. Mais l'élan était donné, la compagnie des mobiles de Beauvais, dirigée par son lieutenant M. Meneust, parvient enfin à occuper les maisons qui étaient son objectif. Elle s'y installe et le combat devient plus vif, plus ardent.

La journée était gagnée. L'arrivée d'un renfort

nouveau allait déterminer la retraite de l'ennemi.

Les mobiles du Nord (commandant Lalène Laprade), et qui, ainsi que nous l'avons indiqué, auraient dû, sans la faute d'un mécanicien, se rendre à Formerie, après avoir passé par Grandvilliers, Feuquières, venaient d'être signalés. — Avertis de la direction du combat et des dispositions des troupes allemandes, le commandant Lalène Laprade avait détaché 500 hommes pour les prendre en queue par Mureaumont, et lui-même marchait sur eux par Bouvresse.

D'autre part, à la gare de Formerie un train spécial amenait un détachement d'infanterie de marine, et les hussards du colonel d'Espeuilles étaient en vue.

Le général Senfft de Pilsach, en présence de l'arrivée successive de ces renforts, crut prudent de battre en retraite, L'ordre fut donc donné aussitôt à la 1re compagnie de la garde de se replier. Abandonnant lentement Formerie, cette compagnie va rejoindre la 2e qui, avait pris position au-delà du bourg sur la route de Crillon. Le premier résultat de ce mouvement de recul fut un redoublement de coups de canon. La présence dans Formerie de la 1re compagnie de la garde avait jusqu'à ce moment gêné l'action de l'artillerie allemande. Dès lors, les boulets et les obus se mirent à pleuvoir sur le village. Mais, en se retirant, les Prussiens ne craignirent pas d'employer leur système habituel de guerre. Ils mirent le feu aux habitations qu'ils étaient obligés d'évacuer ; un fantassin de la garde fut tué par des mobiles au moment où il jetait dans une maison, avant de prendre la fuite, une dernière brassée de paille enflammée (1).

C'est à ce moment que le 1er détachement des mobiles du Nord (Lalène Laprade) entrait en ligne du côté de Bouvresse. Les uhlans qui surveillaient l'approche des renforts, avaient averti l'artillerie, qui, précipitamment, se mit en mesure de battre en retraite. La 3e compagnie de la garde cachée derrière les haies, nombreuses en cet endroit, abritée par des plis de terrain, essaye d'arrêter les mobiles. Les premières décharges surprennent ces soldats, qui, pour la première fois, allaient au feu. Mais reprenant leur sang-froid, au pas de charge, avec l'ardeur de vieilles troupes, nos mobiles se précipitent sur l'ennemi, le chassent de ses positions, le forçent à se retirer, et occupent le bois de Bouvresse.

Quant aux 500 hommes de la mobile du Nord qui devaient tourner les Prussiens du côté de Mureaumont, et leur couper la retraite, ils étaient parvenus à Mureaumont. Ils se trouvèrent là en présence de l'escadron du 3e dragons saxons et de deux escadrons de uhlans. Les mobiles marchent hardiment contre les cavaliers allemands ; mais ceux-ci par un

(1) Les dégats occasionnés par ces incendies s'élevèrent à près de 66,000 francs.

mouvement rapide de droite et de gauche habilement exécuté, démasquent deux pièces d'artillerie, qui, chargées trop précipitamment par leurs artilleurs, ne jettent dans les rangs des mobiles que la confusion et l'effroi. Le capitaine Lalène-Laprade rallie ses hommes et les porte de nouveau vers l'escadron.

Mais l'artillerie française avait pu s'établir. Elle commençait à envoyer des obus à l'ennemi, et des boulets bien dirigés vinrent mettre le désordre dans les escadrons allemands.

Cependant, le bruit se répandait parmi les Prussiens que la retraite allait leur être coupée ; que les hussards français se portaient du côté de Songeons. A fond de train aussitôt, les uhlans et les dragons partent occuper le carrefour ou Patte-d'Oie de Songeons, et dominer ainsi la route qui conduit à Beauvais, pendant que les trois compagnies de la garde fuyaient par Campeaux sous la protection de l'artillerie. Les autres troupes suivaient dans la même direction pendant que le peloton d'arrière-garde de la 8e compagnie faisait encore tête à une nouvelle attaque tentée de Formerie par les Français.

Effectuée d'abord en bon ordre, la retraite prit ensuite le caractère d'une véritable déroute. Les Prussiens craignaient que les Français ne les aient devancés ; et, pour arriver plus vite, ils se mirent à fuir à travers champs et dans un désordre bien étrange et bien humiliant pour ceux que leurs poëtes nationaux appelaient « les fiers soldats de Guillaume. »

Les Français perdirent dans ce combat six hommes, les nommés : Binière (Jules-Prudent); Lunel (Isidore-Auguste); Burth (Emile); Blanchard (Eugène); Piette (Jules) et Gromez (François) ; et ils n'eurent qu'une vingtaine de blessés parmi lesquels deux officiers et trois sous-officiers (1).

Les Prussiens, dans une note officielle de l'Etat-Major général allemand déclarent que leurs pertes dans cette journée « ne s'élevaient qu'à une vingtaine d'hommes. » Parmi leurs morts, se trouvait le fils de M. de Beust, sous-officier de la garde. Trois

(1) Dans le cimetière de Formerie, les mobiles de l'Oise et les habitants de Formerie ont fait élever un monument à la mémoire de nos morts.

Ce monument, qui mesure quatre mètres d'élévation, représente une pyramide quadrangulaire en granit dur, assise sur un large socle surélevé de deux marches.

Il recouvre le corps des auxiliaires inhumés sur le bord de la route, et domine tous les tombeaux voisins.

Sur la face antérieure du monument, se trouve la dédidace :

A NOS CAMARADES !

Inscrite au-dessus d'une grande couronne gravée dans laquelle on lit : *Combat de Formerie, 28 octobre 1870.*

Sur l'une des faces latérales sont les noms des gardes mobiles qui ont succombé ; sur l'autre, ceux des soldats du 19e régiment d'infanterie ; sur la quatrième, on lit cette pensée tirée de l'*Ecriture :*

Ils sont tombés comme tombent les braves,
en combattant pour la Patrie.

Prussiens tués à Bouvresse, sont enterrés dans le cimetière de cette commune.

« Le soir de ce combat, raconte dans une inté-
« ressante brochure, M. Bellou, le bourg de For-
« merie présentait le plus triste aspect : les bou-
« tiques, les cafés étaient fermés. Indépendamment
« des maisons brûlées, beaucoup étaient criblées de
« balles et d'obus ; les vitres étaient cassées, et les
« portes défoncées. »

Les Prussiens avaient emporté leurs morts et leurs blessés. Une ambulance, établie par les soins du docteur Lauga, soigna nos blessés (1).

Ce combat de Formerie, où 130 hommes avaient, durant deux heures, tenu en échec près de 1,500 hommes, et où des troupes jeunes allèrent vaillamment au feu, venait « de nous permettre de mesurer tous les progrès accomplis dans la réorganisation de nos forces ». Les Prussiens ne craignirent pas de le constater (2).

Mais cette journée eut un triste lendemain. Si à Formerie les mobiles de l'Oise, les soldats du capitaine Dornat firent leur devoir, il n'en avait pas été malheureusement de même partout.

(1) Cette ambulance, établie d'abord chez Mme veuve Crespin, fut ensuite transportée au bois de Formerie, chez M. Delaunay,

(2) (*La Guerre franco-allemande*, par la section historique du Grand Etat-Major allemand.)

Le 30, en effet, sur les murs des villes occupées par les Prussiens était placardée la dépêche suivante :

« Le 27 de ce mois, à cinq heures Metz à capitulé. » (1)

---

(1) Le général Senfft de Pilsach communiqua aux journaux, le 29 octobre, la note suivante au sujet du combat de Forrie :

« La reconnaissance d'hier à Formerie a montré que le bourg était occupé par deux bataillons. Après une courte canonnade, le détachement revint sur Songeons et Beauvais et empêcha l'ennemi d'atteindre son but, qui était de lui couper la retraite dans la direction de Marseille. Nos pertes ont été de quatre morts et douze blessés. »

Les journaux de la Somme, le lendemain du combat de Formerie, publièrent cette dépêche :

« J'arrive de Formerie ; j'ai visité le champ de bataille. — Prussiens repoussés vigoureusement sur Songeons ; laissé 7 morts dans Formerie, dont 1 officier. — Français, 3 morts et 20 blessés.

« Prussiens mis feu à trois endroits avec torches enduites de pétrole, une seule habitation et plusieurs bâtiments brûlés.

« Mobiles du Nord avec artillerie ont fortement contribué au succès.

« Feu éteint, calme rétabli. Prussiens en battant en retraite ont incendié Bouvresse : on dit que, dans leur fuite précipitée, ils seraient parvenus à enlever leurs morts.

« Certifié conforme :

« *Le Préfet de la Somme,*

« J. LARDIÈRE. »

L'ARMAND-BARBÈS [1]

(Episode de la chute du Ballon de GAMBETTA)

Le 7 octobre vers deux heures de l'après-midi, quelques soldats du bataillon des fusiliers de la garde prussienne — dont un détachement se trouvait en ce moment à Chantilly — aperçurent un ballon qui passait à environ deux cents mètres au-dessus de la ville. Les sentinelles des avant-postes firent aussitôt feu sur l'aérostat pendant que les soldats, courant rompre les faisceaux, commençaient contre lui une fusillade qui, au loin, fit croire à une attaque des troupes prussiennes par quelques corps de francs-tireurs.

A Creil, le ballon essuya également des coups de feu, mais de même qu'à Chantilly, sans être atteint par aucune balle.

(1) Extrait de : *Un Département pendant l'Invasion.*

Poussé par un vent S.-O. le ballon prit la direction de Clermont. Il traversa lentement la ville, se tenant à certains moments à 150 mètres au plus au-dessus des maisons, et des personnes de Clermont munies de longues-vues distinguèrent parfaitement les trois voyageurs qui se trouvaient dans la nacelle. Le passage de l'aérostat ayant été signalé au major de Puncke, commandant la garnison saxonne qui occupait Clermont depuis la fin de septembre, cet officier détacha aussitôt à sa poursuite une vingtaine de dragons allemands.

Durant quelque temps les dragons suivirent au galop le ballon ; mais, soit défaut d'orientation, soit aussi peut-être par suite d'une direction nouvelle que prit le ballon, ils le perdirent de vue et ne purent que parcourir la campagne sans savoir au juste vers quel point il se dirigeait.

Ce ballon qui, sur tout son parcours, venait ainsi d'éveiller l'attention des sentinelles ennemies, était l'*Armand-Barbès*, parti de Paris le jour même, emportant M. Gambetta qui allait à Tours donner à la défense nationale cet élan admirable, cette héroïque impulsion qui ont fait que la guerre 1870-71, si elle a été malheureuse pour nos armes, a, du moins, été glorieuse pour notre honneur national.

M. Gambetta avait avec lui, dans l'*Armand-Barbès*, M. Spuller, son secrétaire, et un matelot habillé en garde national.

Au-dessus de Clermont, M. Gambetta lança de la nacelle une carte des chemins de fer de France. La partie de la carte relative aux chemins de fer du Nord avait été déchirée; sur le verso de la carte, était écrit de la main de M. Gambetta: « Gambetta, ministre de l'intérieur est passé en ballon ce jour 7 octobre 1870. »

Mais depuis Creil, le ballon descendait insensiblement. Après Clermont, la descente s'accentua, et malgré les efforts des voyageurs pour faire remonter l'aérostat, en jetant par-dessus bord tout ce qui pouvait donner du poids à la nacelle, le ballon ne fut bientôt plus qu'à une cinquantaine de mètres au-dessus du sol et ne tarda pas à tomber au milieu du petit bois de Favières de la commune d'Epineuse. L'atterrissage du ballon se fit dans de mauvaises conditions. Les filets qui le recouvraient s'étant enchevêtrés dans les branches d'un gros chêne — auquel les habitants de la commune ont depuis donné le surnom de *Chêne-Gambetta* — les voyageurs, pendant quelques instants, se trouvèrent dans une position assez critique.

Heureusement, la chute du ballon avait été vue, et, conduits par M. Dubus, maire d'Épineuse, des hommes de bonne volonté accouraient des environs au secours des voyageurs, qui, grâce à l'aide de ces braves gens, purent mettre, sains et saufs, pied à terre.

M. Gambetta se fit aussitôt connaître aux personnes qui l'entouraient.

« Où sommes-nous? interrogea-t-il; les Prussiens sont-ils loin de votre commune?... Y a-t-il parmi vous quelqu'un qui veuille nous conduire du côté d'Amiens? »

M. Dubus se mit à la disposition de M. Gambetta et l'engagea vivement à s'éloigner de la commune d'Epineuse où, d'un moment à l'autre, les Prussiens pouvaient arriver. — Epineuse est à 7 kilomètres de Clermont.

Les voyageurs adoptèrent son conseil, et, ayant pris une voiture, ils partirent aussitôt pour Montdidier, conduits par M. Dubus. A Tricot, commune du canton de Maignelay, ils devaient relayer.

M. Gambetta et ses compagnons avaient à peine quitté Epineuse, que des cavaliers saxons s'y présentaient et s'informaient, auprès des habitants du village, s'ils n'avaient point vu passer le ballon qui avait été aperçu à Clermont. Mais toutes les précautions avaient été prises et l'aérostat dégonflé avait été soigneusement caché au plus épais d'un fourré du bois de Favières.

M. Dubus connaissait à Tricot un brave instituteur, M. Caboche, homme de dévoûment et de cœur. Il avait compté sur lui pour l'aider à conduire M. Gambetta à Montdidier.

Les voyageurs arrivèrent à Tricot vers cinq heures du soir. M. Caboche était en ce moment absent du village, aussi se passa-t-il un incident qui peint bien l'état des esprits à cette époque. Les allures étranges des voyageurs, leur costume, leurs bagages, tout chez eux était de nature à intriguer les habitants de la commune; on les prit pour des espions prussiens; le bruit circula dans tout le village que les étrangers qui venaient d'arriver étaient des émissaires de M. de Bismark, et il fut question un moment de les arrêter.

Mais M. Caboche était de retour à Tricot. M. Gambetta, allant au devant de lui, lui dit à haute voix: « Je suis le ministre de l'intérieur; Pourriez-vous me conduire à Montdidier? je prendrai là le train pour Amiens; je vais à Tours... »

Il serait difficile d'exprimer la surprise des habitants de Tricot lorsqu'ils apprirent que M. Gambetta était au milieu d'eux ; chacun voulait aller le voir, lui serrer la main. — Pendant que M. Caboche faisait atteler la voiture qui devait mener M. Gambetta à Montdidier, le député de Paris, se promenant de long en large devant l'école de la commune, s'entretenait, avec toutes les personnes présentes, de la situation malheureuse du pays. — « Ne désespérez pas, disait-il, l'avenir est à nous... » Les habitants de Tricot les premiers eurent les prémices de ce magnifique appel aux armes que, le 9 octobre, M. Gambetta devait lancer à la France.

Vers six heures, MM. Gambetta, Spuller, Dubus et Caboche prenaient la route de Montdidier où ils n'arrivaient qu'à nuit close.

En se séparant, à Montdidier, de ses compagnons de route, M. Gambetta les remercia avec effusion du service qu'ils lui avaient rendu. « Je ne vous oublierai jamais, leur dit-il, les heures que nous avons passées ensemble sont de celles qui ne s'oublient pas. »

M. Gambetta ne resta que quelques heures à Montdidier. Malgré les instances du sous-préfet, M. Lamarle, il partit dans la nuit pour Amiens.

. . . .

Quand la nouvelle se répandit à Clermont que le ballon qui avait été vu le 7 octobre était celui où se trouvait M. Gambetta, un sentiment d'une indicible émotion s'empara de toute la ville. Gambetta hors des lignes prussiennes, Gambetta organisant librement la défense du pays, c'était peut-être la délivrance ; on espéra.

Montdidier ne tarda pas à payer l'honneur d'avoir reçu Gambetta.

Quelques jours plus tard, de Clermont, partait des troupes saxonnes qui allèrent bombarder cette ville et lui imposer une contribution de guerre de 50,000 francs, sous prétexte, disaient les prussiens, que des pourvoyeurs de l'armée de la Meuse y avaient été arrêtés. « Mais, dit M. Rolin (1) surtout pour la punir de l'accueil fait au ministre de l'Intérieur, car les Allemands détestaient M. Gambetta ; ce qui n'est pas son moindre titre de gloire. »

---

(1) Rolin. — *La Guerre dans l'Ouest.*

LES GARDES NATIONAUX
DE BAZINCOURT

Bazincourt est une petite commune du canton de Gisors. Sa conduite en 1870 fut héroïque et le dévouement de ses gardes nationaux qui, pour arrêter quelques heures l'ennemi, allèrent à la mort, a illustré à jamais le nom de cette modeste commune.

Dès le début de la guerre, Bazincourt avait voulu avoir, comme les grandes communes qui l'entouraient, sa garde nationale. Ses habitants, au nombre d'une soixantaine, s'exercèrent au maniement des armes, au service des patrouilles et se préparèrent à faire courageusement leur devoir pour le jour, trop prochain, hélas ! où chaque citoyen devait défendre ses foyers.

Ce jour arriva pour Bazincourt.

Les Prussiens marchaient le 9 octobre sur Gisors. La veille, un officier supérieur allemand, envoyé par le prince Albert, était venu demander à la vieille capitale du Vexin, de ne point résister et de se rendre. A cette sommation la municipalité de Gisors répondit par un refus et l'officier allemand, en s'éloignant, annonça pour le lendemain l'arrivée d'un corps prussien.

Gisors n'avait pour défenseurs que 500 hommes de la mobile des Landes, sous les ordres du chef de bataillon Beaume, et une compagnie des francs-tireurs des Andelys, avec le capitaine Desestre (1) ; à cette petite troupe étaient venus se joindre quelques gardes nationaux des environs, mal armés et n'ayant que des munitions en quantité insuffisante.

Le corps expéditionnaire allemand, qui se dirigeait sur Gisors, se composait de 5,000 hommes, infanterie et cavalerie, et de seize canons. Deux généraux le commandait : le prince Albert et le général de Pilsach. Les Prussiens avançaient déployés en un vaste arc de cercle et voulaient manœuvrer de façon à rejeter dans Gisors les troupes qui pourraient défendre cette ville. Là, ils auraient

(1) Ces forces avaient été envoyées à Gisors par ordre du Sous-Préfet de l'arrondissement des Andelys, M. Deshayes. L'autorité militaire était hostile à toute résistance dans cet arrondissement.

écrasé le détachement dont ils connaissaient le nombre d'hommes.

La résistance de Bazincourt à laquelle ils ne s'attendaient pas devait empêcher la complète réussite de ce plan en retardant la marche de leur aile droite.

Les défenseurs de Gisors, ainsi que les Prussiens le pressentaient, au lieu de défendre la ville s'étaient portés à 1,500 mètres en arrière sur un plateau, le mont de l'Aigle (1), où établis solidement ils étaient décidés à résister de la façon la plus énergique.

A Bazincourt on apprenait la marche en avant des Prussiens. Les gardes nationaux s'armèrent aussitôt et prévoyant quelle serait dans la circonstance la tactique des Allemands, ces braves cultivateurs transformés en braves soldats, sous les ordres de leur lieutenant Albert Lebrun, vont occuper les rives de l'Epte, résolus à en défendre le passage. Ils s'étendent en tirailleurs jusqu'au pont du Prince, placé au-dessous de la jonction du chemin de Flavacourt à la route de Paris à Dieppe. Le pont de Droittecourt, qui est en bois, étant facile à couper, les habitants du village se mettent en mesure de l'intercepter.

Ce travail était à peine commencé que sur la crête des hauteurs de Droittecourt apparaissent les uhlans de l'avant-garde de l'aile droite prussienne;

(1) *Les Prussiens à Gisors,* par CHARPILLON, ancien juge de paix.

derrière ces uhlans marche une section d'infanterie.

Les uhlans à la vue des ouvriers qui essayent de couper le pont en bois de Droittecourt fondent rapidement sur eux. De tous les côtés des coups de feu éclatent; les gardes nationaux de Bazincourt cachés derrière les arbres de la berge et pos'és à l'entrée des ponts ne cessent de tirer ; les Prussiens ont un blessé; ils tournent bride et battent en retraite du côté d'Eragny. Excités par ce mouvement de recul de l'ennemi, les gardes nationaux traversant le pont d'Eragny les poursuivent jusqu'à l'entrée de de ce dernier village. Mais là se trouvent deux compagnies de la garde prussienne qui attaquent avec violence les gardes nationaux. Une lutte sanglante et inégale s'engage. Les coups de fusils se succèdent : les vitres des maisons volent en éclats. Une vieille femme est blessée dans l'intérieur d'une maison ; un jeune homme est atteint par une balle au côté. Ecrasés par le nombre, les gardes nationaux commencent à plier. Deux des leurs, Eugène Lebrun et Alexandre Delaunay sont faits prisonniers. A regret, et regardant en face l'ennemi, ils se retirent lentement. Les Prussiens à leur suite quittent Eragny, dont les maisons brûlent. Les gardes nationaux repassent l'Epte qu'ils avaient un instant auparavant défendu ; l'infanterie prussienne traverse la rivière et s'étendant sur le territoire de Bazincourt veut entourer ces hommes qui mal armés et sans espoir d'être secourus, n'ont pas craint de marcher à leur rencontre. Le mouvement va s'exécuter ; le pont de Droittecourt a servi de passage à des uhlans, et luttant dans un vallon, les gardes nationaux ne peuvent se rendre compte de leur situation désespérée. Le maire de Bazincourt, M. Briey, placé sur une éminence, a vu le danger ; il envoie deux hommes dévoués donner l'ordre de battre en retraite. Ces deux hommes, Georges Barchat et Edouard Bucart, au péril de leur vie, parviennent jusqu'aux combattants de Bazincourt.

Mais déjà, raconte M. V. Patte (1) :

« Le sergent Boudier était tombé le crâne « fracassé par une balle envoyée à bout portant. « Deux hommes : Gosse, qui avait déjà une balle « dans le cou, et Morin, qui avait la cheville du pied « brisée, étaient lâchement assassinés après s'être « rendus. Barchat, Bucart, Viradou, Marchand, « Gosse, Rousselin, Porquier et Boré, étaient faits « prisonniers. M. de Briey, lui-même, ne tardait « pas à voir les uhlans se précipiter sur lui au galop « de leurs chevaux, et lui braquant leurs pistolets « entre les yeux, le saisir brutalement pour le « traîner, avec un notable de la commune, M. De- « varenne, au camp de cavalerie placé sur la côte « de Droittecourt. Il se trouva là avec neuf des « siens, alignés, les mains derrière le dos, le long « d'une corde soutenue par deux pieux ; les autres

(1) V. PATTE, *Bazincourt pendant la guerre franco-allemande.*

« prisonniers avaient été dirigés sur d'autres « points.

« De l'éminence où il se trouvait placé, il voyait « le village d'Eragny en flammes et entendait les « derniers coups de feu qui s'échangeaient dans le « bois de Bazincourt. Il avait bien une consolation : « le plus gros des gardes nationaux avait pu se « mettre à l'abri. Mais, d'un autre côté, quelques- « uns d'entre eux, restés à l'entrée du village, du « côté de Gisors, couraient les plus grands dangers. « C'est là que Feuqueux, Raban et Heurteux sacri- « fiaient noblement leur vie à la patrie et tom- « baient percés de balles, tandis que la femme du « premier recevait elle-même deux coups de feu « qui lui traversaient le cou et le bras. »

La moitié des gardes nationaux avait donc pu s'enfuir dans les bois. Les Prussiens, irrités par une résistance à laquelle ils n'auraient pas osé croire, se répandirent dans le village, en proférant des menaces de mort et d'incendie. Ils mirent au pillage deux ou trois maisons.

Dans ce combat, ils avaient eu une quinzaine d'hommes blessés ou tués.

La vaillante défense de Bazincourt avait permis aux mobiles des Landes et aux gardes nationaux de Gisors de battre en retraite.

Les Prussiens entraient le 9 octobre, à midi, dans Gisors. Ils furent impitoyables pour leurs prisonniers. Les neuf gardes nationaux de Bazincourt qu'ils avaient entre les mains, furent emmenés le même jour à Saint-Germer-de-Fly.

Là, le 10 octobre, après un semblant de jugement, trois furent condamnés à être frappés de coups de verges et, après l'exécution de cette sentence, on les mit en liberté. Quand aux cinq autres : Lebrun, Gallais, Porquier, Marchand et Viradou, le conseil de guerre qui les jugea les condamna à être fusillés.

On les plaça dans une prairie de Saint-Germer (1) où, après avoir entendu la lecture de versets de la Bible, un peloton d'infanterie de la garde les passa par les armes. L'agonie de Lebrun fut horrible : il fallut l'achever, et il n'expira qu'après avoir reçu une troisième balle. (2)

Dans le petit cimetière de Bazincourt, à gauche de la porte d'entrée de l'église qui domine le village, s'élève un monument funéraire : une simple pierre en forme d'obélisque. Les noms des gardes nationaux de Bazincourt tués le 9 octobre y sont inscrits. Sur l'une des faces du monument, on a gravé cette

(1) Cette prairie est appelée : le *Champ-Féron*. Elle est située à l'embouchure du chemin de Saint-Germer à Puiseux avec le chemin de Songeons à Neufmarché.

(2) Ces assassinats avaient excité une telle indignation dans le pays, que les Prussiens défendirent qu'il fût fait aux morts aucun service public. Ils furent enterrés à la hâte, près du lieu de l'exécution, par leurs femmes, dans leurs habits ensanglantés. — *(Souvenirs de l'Invasion prussienne en Normandie,* par M. le baron Ernoux.)

mention : « Morts pour la Patrie », et les touristes visitant Bazincourt ne manquent jamais d'aller saluer cette modeste tombe destinée à perpétuer le souvenir de ces hommes de cœur qui ont versé leur sang pour la France !

FIN

TABLE

Beauvais. — Imprimerie de *l'Indépendant,* 23, rue St-Pantaléon.

www.ingramcontent.com/pod-product-compliance
Ingram Content Group UK Ltd.
Pitfield, Milton Keynes, MK11 3LW, UK
UKHW021556260726
13993UKWH00002B/873